DU MÊME AUTEUR, DANS LA MÊME COLLECTION

Une moitié de wasicun

CONCEPTION GRAPHIQUE : L'BB

ISBN 2-203-11786-9

A V E N T U R E S

Jean-François Chabas

Vieille gueule de papaye

illustré par Christophe Blain

ROMANS
casterman
DIX & PLUS

1

LA VIEILLE GUEULE DE PAPAYE est entrée dans notre vie de manière fort étrange, un matin, sous un torride soleil de janvier.

Yamel, Céline et moi poursuivions un cagou depuis l'aube. Pas pour le tuer, non — il n'y en a presque plus chez nous, des cagous —, mais juste pour le capturer et essayer de l'apprivoiser. C'est un animal fétiche ici, en Nouvelle-Calédonie. Un oiseau magnifique, qui ne sait pas voler mais qui a les plus belles couleurs du monde. Ses pattes et son bec sont d'un rouge vif, ses ailes rayées de gris, de blanc et de roux et il a un panache de chef indien. Nous l'avions repéré de loin, parce qu'il a un cri très particulier : il aboie comme un chien.

C'est le matin, très tôt, qu'on voit des choses intéressantes. Avant que le bétail commence à remuer, avant que les hommes sortent des maisons et des farés[1] pour seller les chevaux. Céline adore les animaux, même les plus bizarres, même ceux qui ne sont pas toujours très sympathiques. La famille se souviendra longtemps de l'histoire de la roussette. Une roussette, c'est une chauve-souris géante, de plus d'un mètre d'envergure, et qui a une tête de renard. Céline en avait déniché une dans la grange et l'avait trouvée « mignonne ». Mignonne ! Imaginez un vieux vampire poilu aux yeux globuleux. Enfin... chacun ses goûts. La roussette l'avait griffée, mordue, lui avait arraché une poignée de cheveux et, pour finir, s'était envolée sans espoir de retour. Mais ça n'avait pas été suffisant pour décourager ma sœur, qui avait même réussi à nous entraîner, Yamel et moi, dans sa quête d'animaux à dorloter.

Donc, ce matin, nous poursuivions un cagou au milieu de la brousse et nous allions le rattraper, quand un homme est sorti de derrière un arbre où il était caché. Il s'est campé en face de nous, il a dit :

— *Blood and guts ! Some Kids !*

Et puis il s'est enfui à grands pas. Du coup, nous avons oublié le cagou. Yamel a rigolé, parce qu'il rigole toujours :

— Awa ! Celui-là, il a une vraie gueule de papaye !

1. *Faré :* case mélanésienne.

Quand on dit ça, chez nous, ce n'est pas un compliment. Ça voudrait même dire que la personne est plutôt moche.

— C'est vrai, a renchéri Céline. Il a une gueule de papaye ! Et puis, il ne parle pas comme nous. C'est pas un Caldoche, ni un Canaque, et pas un Zoreille non plus[1].

— Dis donc, m'a dit Yamel, tu ne trouves pas que ça ressemblait à de l'anglais, ce qu'il a grommelé ? *Kids,* on l'a appris en classe, ça ne veut pas dire enfants ?

— T'as raison. Il est anglais, ou américain... Peut-être australien. Et qu'est-ce qu'il fait caché dans la brousse à cette heure-là ? Tu crois qu'il veut voler du bétail ?

Yamel a haussé les épaules.

— Ça m'étonnerait. Tu as vu son âge ? Au moins soixante-dix ans.

— Il a peut-être des complices, a dit Céline.

D'un coup, on s'est sentis moins rassurés. Pourtant, dans notre ranch, il n'y a jamais eu de vol. C'est vrai que nous connaissons tout le monde, à des dizaines de kilomètres à la ronde. Mais alors qu'est-ce que ce vieux type venait faire ici ?

J'ai claqué des doigts.

---

1. *Canaque :* indigène mélanésien ; *Caldoche :* descendant des colons français ; *Zoreille :* Français récemment arrivé de métropole.

— Ça y est, je sais ! C'est un touriste !

— Un touriste qui s'enfuit en nous voyant ? a fait remarquer Céline. D'habitude, ils nous prennent en photo, et ils nous posent plein de questions idiotes... Non, je suis sûre que ce n'est pas un touriste.

Et elle avait raison.

— Alors, il y a un mystère. Qu'est-ce qu'on fait, on prévient les parents ?

Yamel et ma sœur m'ont jeté un regard indigné ; j'ai capitulé.

— D'accord. On cherche tout seuls. Après tout, qui connaît le terrain mieux que nous ? On l'aura vite retrouvée, la gueule de papaye.

— ... Et en l'espionnant, on apprendra sûrement ce qu'il fait sur le ranch, a gloussé Céline, tout excitée.

Faute de cagou, la journée commençait bien.

2

JE M'APPELLE Yann Séran. Ma sœur Céline et moi sommes des descendants de bagnards envoyés en Nouvelle-Calédonie il y a un peu plus de cent ans. Les enfants de mes ancêtres sont devenus stockmen ; c'est ainsi qu'on appelle les cow-boys chez nous. Le ranch que nous habitons, en pleine brousse, est un des plus isolés de la région ouest. La vie est restée très sauvage ici. La plupart des maisons n'ont ni eau courante, ni électricité, et on se déplace encore souvent à cheval. Nous vivons dans une immense maison de torchis, avec nos parents, nos grands-parents, et de nombreux amis viennent nous rendre visite. C'est comme ça que j'ai connu Yamel. Il fait partie de la tribu canaque d'Oundjo, qui vit près de la mer. Nos parents sont de grands amis ; et ce n'est pas toujours le cas, entre Caldoches et Canaques.

Yamel est dans la même classe que moi, à l'école.

Nous avons douze ans tous les deux. Et si je suis plus à l'aise que lui assis à un pupitre ou devant le tableau noir, il connaît la mer et la brousse bien mieux que quiconque. Alors je l'aide parfois à faire ses devoirs, et il m'apprend ce que même mes vieux broussards de parents ne savent pas, sur les animaux, les arbres, ou les rites mélanésiens. Je crois aussi, pour en finir avec les présentations, que l'amitié que Yamel me porte n'est pas la seule raison de sa présence continuelle au ranch. Il a un faible pour Céline. Même si elle n'a que dix ans, je dois reconnaître qu'elle est plutôt jolie. Tous ceux qui ont une petite sœur savent combien elles peuvent être pestes, insupportables, coquettes, chipies, et les mots me manquent... Mais on les voit ainsi parce qu'elles sont nos petites sœurs, et qu'on doit les supporter à longueur de temps. Yamel, lui, ne trouve aucun défaut à Céline. Il est amoureux de ses cheveux blonds frisés, de son petit minois têtu, et comme elle aime les animaux autant que lui, ils ont un terrain d'entente. Tout cela fait qu'on nous appelle « les trois inséparables ».

Ce fameux jour où nous avons rencontré la vieille gueule de papaye, nous étions en vacances. Chez nous, en décembre et janvier, c'est la saison chaude. Cela ne nous empêche pas de fêter Noël, et les jours de liberté qui l'accompagnent. Le premier matin, quand nous avons perdu la trace du vieux, il nous restait une semaine sans classe ni devoirs. Ç'avait été facile de retrouver l'empreinte des pas dans l'herbe, mais elles avaient abouti aux sillons laissés par une voiture 4X4. Envolé, le mystérieux...

Nous avons essayé sans entrain de reprendre notre chasse au cagou, mais ce n'était plus amusant. Comme aimantés, nous sommes retournés à l'endroit où nous avions aperçu l'inconnu.

— En tout cas, a dit Yamel, nous savons qu'il était seul. Pas une autre trace de pas, alentour. Et il s'est reposé ici. Regardez, on voit la trace de son corps au pied de ce niaouli[1]. Les herbes sont encore couchées.

Des mugissements nous ont tirés de notre perplexité. On lâchait le bétail hors des enclos. Nous avons vu surgir des bêtes, mal réveillées, enfonçant lourdement dans le sol leurs sabots, balançant leur énorme masse de droite à gauche. L'arrivée de mon père, qui a fait claquer son stockwhip[2] contre la selle de son cheval, a accéléré l'allure. Les vaches et les bœufs se sont égaillés, chacun cherchant son espace de buffalo[3] à brouter.

---

1. *Niaouli :* arbre à l'écorce blanche, dont les fleurs produisent une sorte de miel.
2. *Stockwhip :* long fouet à manche de bois.
3. *Buffalo :* herbe grasse.

Mon père a galopé jusqu'à nous. Il a même pris le temps de descendre de cheval pour nous parler.
— Les enfants, n'oubliez pas que vous devez aider votre mère à nettoyer la grange cet après-midi. Et toi, Yamel, qu'est-ce que tu comptes faire ?
Notre ami a dit qu'il nous aiderait ; mon père l'a assuré qu'il n'y était pas obligé et que ce ne serait pas drôle.
— Awa, je reste avec mes amis.
— Eh... Alors c'est parfait. Je vais à la ville pour acheter du fil de fer, je vous rapporterai trois touques de limonade. Je ne sais pas à quoi vous jouez, a-t-il ajouté, mais vous avez un drôle d'air. J'espère que vous ne préparez pas une bêtise.
Il est remonté sur son cheval et il est parti.
— Fin malin, votre père, a dit Yamel. Il a des yeux pour voir...
Céline a arraché un copeau blanc à l'écorce du niaouli et l'a fait tourner entre ses doigts.
— Ça, c'est sûr, pas facile de lui cacher quelque chose. Vous croyez qu'il va remarquer les traces de la voiture ?
— Et puis après ? Ce ne serait pas la première fois qu'un 4X4 roule sur notre buffalo. Nous sommes les seuls à avoir rencontré ce vieux bizarre, et c'est ce qui compte.

— Vous savez — Yamel s'est gratté le nez, puis a enfoncé ses poings au fond des poches de son short —, je me demande si on ne fait pas une histoire pour rien. Après tout, un vieux bonhomme qui s'enfuit à notre approche, qu'est-ce que ça prouve ?
— C'est un fou ! a affirmé Céline.
— Et on ne le verra certainement plus ! Tu as raison, Yamel. Si nous allions plutôt à Oundjo pour nous baigner ? On retourne à la maison, et on prend Saucisson.
Il n'y a que quelques kilomètres du ranch jusqu'à Oundjo, au bord de la mer. Yamel les parcourt à pied quand il vient nous voir. Mais quand Céline et moi nous rendons là-bas, c'est toujours un prétexte pour emmener Saucisson.
« Au cas où Céline serait fatiguée, il pourrait la porter », disons-nous.
Et les parents font semblant de nous croire. La vérité, c'est que Saucisson-l'ancêtre adore se baigner dans les vagues, mais il est si vieux que tout le monde s'attend à sa mort prochaine. On ne connaît pas son âge précis. Certains disent trente ans, d'autres vingt... De toute manière, il est de loin le plus vieux cheval du ranch. Il reste cloîtré dans sa stalle, à l'écurie, et depuis des années on ne le fait plus travailler. Lui qui fut un puissant cheval de trait, qui arrachait du sol,

comme un rien, les énormes souches de tamanous[1], lui qui engendra tant de poulains vigoureux, lui, Saucisson le colosse, est maintenant une haridelle sans panache.

Quand nous arrivâmes à la maison, nos parents étaient déjà partis à Voh pour faire les courses. Mais il y avait là Elsie et Dora, les mères de nos parents, nos grands-mères, à Céline et à moi, qui voulurent à tout prix nous donner à manger. Si toute la famille vit dans notre « château », les grands-mères en sont les plus terribles occupantes. Elles passent leur temps, Dieu sait pourquoi, à imaginer que leur descendance meurt de faim. Nous eûmes beau leur dire que nous avions pris un petit déjeuner énorme, elles nous four-

1. *Tamanou:* arbre de grande taille.

rèrent dans les mains deux pots de gelée de goyave, un sac de pommes-canaques et un pain d'une livre.

— Ne montez pas sur Saucisson, il pourrait vous écraser en tombant raide mort ! bredouilla Elsie.

— Attention aux voitures sur la route ! gémit Dora. Et mettez vos chapeaux, ça va taper !

Nous réussîmes enfin à prendre la fuite, poursuivis par des recommandations fiévreuses. À l'écurie, Saucisson dormait, appuyé contre la paroi de sa stalle. Il accepta un morceau de pain et s'ébroua. Si nous venions le chercher, ça ne pouvait signifier qu'une chose : un petit tour à la mer. Nous lui passâmes un harnais, sans le seller. À quoi bon, puisqu'il était incapable de porter ne serait-ce qu'un bébé...

Le sentier qui conduit hors du ranch nous mena jusqu'à la route territoriale. Maintenant, le soleil était haut. J'enlevai mon chapeau et le posai sur le crâne pelé de Saucisson ; le pauvre en avait plus besoin que moi. Yamel tenait la main de Céline, nos sandales claquaient sur l'asphalte, les fers de Saucisson résonnaient aussi, plus clair et plus fort. Un jeune cerf sambur[1] traversa devant nous, en trois bonds, et s'enfonça dans les buissons du bas-côté. Nous ne croisâmes aucune voiture et bientôt descendîmes le long d'un

1. *Cerf sambur :* cerf typique des régions du sud Pacifique.

nouveau sentier débouchant sur le village d'Oundjo. En pleine journée, la plupart des hommes sont absents de la tribu et travaillent à Voh, ou parfois plus loin. Restent les enfants, et les femmes. Mais Djubelly, le père de Yamel, ne quitte presque jamais Oundjo : il fabrique et répare des pirogues, comme le faisaient son père et le père de son père. « Un canot à moteur ne remplacera jamais ça », a-t-il coutume de dire en caressant ses coques de bois poli. C'est vrai qu'en le voyant creuser un tronc pendant des jours ou préparer amoureusement ses balanciers, on a un peu mal au ventre d'imaginer qu'il puisse un jour ne plus y avoir de pirogues. Mais les bateaux de plastique gagnent du terrain... Ne serait-ce que parce qu'il n'y a pas besoin de connaître si bien la mer, quand un moteur vous emmène où vous voulez, à toute vitesse.
Djubelly nous regarda venir, le sourire aux lèvres.
— Yossi, Saucisson ! Tu viens pour une petite baignade ?
Le vieux cheval n'écoutait pas. Il se dirigea d'un pas alerte vers la plage qui s'étend en contrebas du faré de Djubelly et pénétra lentement dans l'eau. Quand il se fut enfoncé jusqu'à l'encolure, il resta sans bouger. Bien que nous en eussions l'habitude, le spectacle de cette tête de cheval coiffée d'un chapeau qui dépassait seule de la surface de la mer continuait de nous amu-

ser... Yamel alla chercher fouënes[1], masques, tubas et palmes ; tandis que Céline s'allongeait sur le sable mouillé, nous plongeâmes à la recherche de poisson. L'eau était chaude. Presque tout de suite, à quelques mètres du bord, nous croisâmes un énorme arbalétier bleu. Plus loin vers le large une tortue caret passa, inaccessible. Yamel et moi jetâmes notre dévolu sur un grosses-lèvres qui piochait sa nourriture sur le fond mélangé d'algues et de sable puis, sans nous concerter, nous lançâmes nos fouënes en même temps. La sienne se planta juste sous les ouïes, mon trident ne fit qu'arracher un bout de queue. Yamel remonta le poisson, tué sur le coup. Essoufflé par l'apnée, je grognai, tandis que nous nagions vers la plage :

— Tu me bats toujours, à la fouëne ou au bibiche[2]. Je ne sais pas comment tu fais.

— Awa ! C'est comme ça. Je serai toujours le meilleur !

Je fis mine de lui planter mon harpon dans les fesses tandis que nous sortions de l'eau. Nous nous écroulâmes sur le sable, à côté de Céline. Saucisson l'avait déjà rejointe et elle le caressait à l'ombre d'un cocotier. Quelques amis surgirent des farés pour soupeser le grosses-lèvres. Yéwéné, le cousin de Yamel, clama

---

1. *Fouëne, ou foène :* harpon à main.
2. *Bibiche :* lance-pierres.

que c'était le plus beau pêché depuis des années, et nous invita à partager le bougna-marmite[1] que sa mère préparait pour le déjeuner.
On en voulait décidément à notre estomac...
La mère de Yéwéné n'étant pas ce qu'on appelle généralement un cordon-bleu, le village fuyait ses invitations ; mais elle était en revanche la championne incontestée du cricket, dans la tribu d'Oundjo. Tous les samedis matin, c'est l'entraînement, ou un match contre un autre village. Pour manier la batte, la mère de Yéwéné est peut-être la meilleure de toutes les tri-

1. *Bougna-marmite :* ragoût canaque.

bus de la côte ouest. Sa famille en est si fière qu'ils en oublient sa cuisine... Nous nous sommes tirés d'affaire en disant qu'il fallait manger le grosses-lèvres et que Djubelly nous avait déjà invités.
Après le repas, le père de Yamel a permis que son fils dorme au ranch et il nous a demandé de transmettre à tous ses amitiés.

Les parents étaient rentrés quand nous sommes arrivés au ranch ; notre mère était déjà au travail dans la grange, notre père reparti en brousse. Dora et Elsie conseillaient, piaillantes et inefficaces :
— Pousse ! Non ! Tire ! Ah là lààà ! Il faudrait un homme pour faire ça ! Et ils sont tous en brousse !
À cette heure de la journée, c'était vrai, le seul homme adulte présent au ranch était le mari d'Elsie, notre grand-père survivant. Mais il avait quatre-vingt-quatre ans et était cloué au lit depuis deux semaines par une crise de goutte... Yamel et moi nous sommes regardés et avons retroussé des manches imaginaires.
— Laisse, maman, on s'en occupe !
Il y avait de tout dans cette grange ; entre autres de vieilles charrues qu'on utilisait du temps des pionniers, avant l'achat du tracteur, et qui étaient maintenant si rouillées qu'on ne pouvait plus rien en faire. Elles étaient bonnes à jeter, tout comme le poêle de

fonte antédiluvien, ou les paquets de harnachement à chevaux, usés jusqu'au cœur du cuir et qui s'effritaient sous le doigt.

L'ensemble de ces « trésors » avait été balancé en vrac dans un coin pour former un fouillis inextricable et poussiéreux. Ma mère a interrompu son effort, nous a souri et a haussé les épaules.

— Allez-y, montrez de quoi vous êtes capables... Mais mettez des gants d'abord. Vous pourriez vous abîmer les mains avec ces vieilleries.

Une heure plus tard, nous étions moins farauds, couverts de crasse, hirsutes et les bras déjà fatigués, mais nous serions morts sur place plutôt que d'avouer notre fatigue. Ma mère apporta de la limonade et plaisanta :

— Alors, les garçons, on se fait les muscles ? D'ici deux ou trois ans, vous pourrez peut-être jongler avec le poêle, qui sait ?...

Ce monstre de fonte devait peser plus de cent kilos. Il ressemblait à un gros crapaud trapu et nous nous étions gardés Yamel et moi de tenter de le soulever. L'ironie de ma mère nous piqua au vif.

— Et pourquoi pas maintenant ? releva Yamel.

— Oui, tu crois qu'on n'en est pas capables ? On le fait ! Tout de suite !

— C'est ça ! Et après, je vous conduis à l'hôpital, avec

une belle hernie. Les hommes porteront le poêle quand ils rentreront de la brousse, ne faites pas les enfants. Ma plaisanterie était idiote, je vous demande de ne pas y toucher. En attendant, j'ai de la couture à faire avec Elsie et Dora. Bon courage.

Nous nous retrouvâmes seuls dans la grange, avec Céline qui nous lorgnait d'un œil goguenard.

Plus que les sarcasmes de ma mère, ce fut sans doute la mine de ma petite sœur qui nous décida.

— Allez, Yamel, on l'enlève, ce poêle ?

Mon ami se tourna vers Céline et leva un sourcil interrogateur. Elle lui sourit.

Calamité féminine ! Sans ce sourire, Yamel aurait refusé de désobéir à ma mère, et je n'aurais pas insisté. Mais il y vit un encouragement, et moi j'y vis une raillerie. Notre prestige était en jeu.

Nous nous penchâmes sur le crapaud de fonte, glissant nos mains sous son ventre et, d'un même mouvement des cuisses dépliées, soulevâmes la bête. Curieusement, peut-être parce que je m'attendais à une énorme résistance, le poids ne me parut pas excessif.

— Ça va ? demandai-je à Yamel, on avance ?

Il grimaça.

— Ça va. On y va.

Je fis un pas ; ce déplacement infime provoqua un changement dans l'équilibre du fardeau. Je sentis une douleur dans mon dos ; dans le même temps, j'eus la sensation que mes bras allaient s'arracher.

— Attends ! J'ai les doigts qui glissent hors du gant, dit Yamel.

— On pose ! On pose ! criai-je, sentant la douleur s'infiltrer jusque dans mes épaules.

Je trébuchai en voulant assurer ma prise, le poêle descendit le long de mes cuisses. Avec un juron, Yamel s'arc-bouta pour le retenir. Il n'y réussit pas, et je tombai en arrière, le crapaud sur le ventre. Je ne sentis pas de véritable douleur, mais une espèce d'étouffement qui me fit pousser un étrange jappement rauque. Céline sortit de la grange en hurlant, appelant maman. Yamel me tournait autour en répétant :

— Casse pas la tête, Yann, casse pas la tête, on va te tirer de là-dessous.

Et ma mère surgit, avec Elsie et Dora. Les deux vieilles commencèrent à se lamenter ; leurs jérémiades se mêlèrent aux pleurnicheries de Céline. J'essayai de crâner.

— Vous feriez mieux de m'aider, au lieu de faire ces têtes-là.

— Mon Dieu, gémit maman, comment va-t-on te sortir de là ?

— Louquez[1], ici ! dit Yamel. Le poêle repose à moitié

---

1. *Louquer :* regarder.

sur cette poutre, par terre. Yann n'est pas écrasé, il est juste coincé !

Je baissai les yeux et remarquai ce qui m'avait jusqu'alors échappé : effectivement, une grosse solive avait empêché la masse de fonte de me broyer.

Ma mère reprit ses esprits et s'adressa à Yamel, en le prenant par le bras.

— Vous avez voulu faire les malins, maintenant, il n'y a que toi qui puisses m'aider à sortir ton copain de là. Il faut faire basculer le poêle au-dessus de Yann, en se servant de la poutre. Si tu le laisses retomber, il écrasera mon fils. Tu comprends ce que je te dis ?

Yamel secoua la tête ; Elsie et Dora, mes deux vieilles perruches de grand-mères, glapirent :

— Nous aussi, nous allons vous aider !

J'eus soudain un peu plus de mal à respirer. Un voile noir envahit lentement mon champ de vision, je n'entendis plus que des murmures confus ; puis je sombrai dans le néant.

3

LE DOCTEUR MANESSIER était penché sur moi quand je me réveillai. Yamel et maman me regardaient aussi, par-dessus son épaule. Mon dos et mes jambes me grattaient. Je levai la tête et constatai que j'étais tout nu, allongé sur mon lit. La couverture de laine me démangeait. Le docteur Manessier promenait sur ma poitrine un stéthoscope. Il interrompit son examen lorsqu'il me vit bouger.

— Vous voyez bien qu'il refait surface, votre Hercule ! dit-il en se tournant vers maman et Yamel.

Je pris une forte inspiration, pour me débarrasser du poids qui pesait sur ma poitrine ; une douleur aiguë me traversa.

— Ça, fiston, tu vas avoir du mal a respirer pendant un bout de temps. Tu as au moins trois côtes cassées. Sans compter de splendides hématomes au bassin, et un petit trou dans la fesse. Hé oui, un caillou pointu

s'est enfoncé dedans, quand tu es tombé avec le poêle. Maintenant, ajouta-t-il, je t'emmène avec moi à Voh, pour les radios.
Je m'insurgeai, catastrophé :
— Oh, non ! Ne me dites pas que je vais aller à l'hôpital ! Il ne me reste qu'une semaine de vacances...
— Il fallait y réfléchir avant de faire le couillon. Si cette poutre n'avait pas été là, tu serais plat comme une sole à l'heure qu'il est. Mais rassure-toi, je pense qu'après les radios, tu pourras revenir à la maison.
— Et dès que tu seras en état, tu prendras un bon coup de pied où je pense, déclara mon père qui venait d'entrer dans ma chambre. Tu ne mérites pas la chance que tu as eue. Il y a un dieu pour les andouilles. Si Yamel ne m'avait pas trouvé rapidement, et si je n'avais pas rencontré sur la piste le docteur qui revenait d'une visite...
Le docteur Manessier est un brave type. C'est lui qui s'occupe de mon grand-père Georges, quand il a une crise de goutte. Il est tout jeune, avec des cheveux presque blancs, et une peau qui ne bronze pas. Au soleil, il prend une teinte rouge. Quand on est sûr qu'il n'entend pas, on l'appelle « le Homard ».
Je crois que ça ne fait que quelques années qu'il a eu son diplôme, mais il est très apprécié. Ce n'est pas facile, son boulot. Et il passe plus de temps dans sa

voiture, à sillonner la brousse, que chez lui. Il m'a emmené à Voh, avec Yamel, en faisant attention de ne pas trop rouler dans les ornières et les trous de la piste. Ma mère suivait derrière, dans sa voiture.
En fait, j'avais quatre côtes cassées. Le Homard m'a posé un bandage serré, a expliqué à ma mère comment le renouveler et s'est encore fichu de moi en me demandant de lui donner des cours d'haltérophilie quand je serais guéri.
Nous sommes repartis vers la maison, tandis que le soleil se couchait. J'avais remarqué que la position assise me permettait de mieux respirer, aussi m'avait-on coincé contre la banquette, avec un coussin sous les fesses. Charge à Yamel de s'occuper de moi, pendant que ma mère conduisait. À chaque cahot, il tendait la main vers mon épaule, dans un geste protecteur un peu exagéré ; il essayait, comme ça, de me montrer son affection, de me consoler de ces vacances ratées. Et c'était mieux que toutes les protestations d'amitié possibles...
Il faisait une chaleur terrible ; je sentais le bandage, déjà trempé, qui collait à ma peau pour peser plus lourd sur mes côtes. Maman ralentissait de plus en plus à mesure que la piste devenait moins visible. L'obscurité a tendance à modifier les reliefs, et plus d'un homme, dans notre coin, s'est planté avec sa voi-

ture, la nuit, dans un trou trop tard aperçu. Nous roulions depuis quelques minutes sur le territoire de notre ranch quand, par la fenêtre, sur la droite de la voiture, j'ai vu une silhouette courir vers les niaoulis. Dans le même temps, Yamel m'a donné une bourrade sur la cuisse. Il me semblait bien avoir reconnu la vieille gueule de papaye ; j'étais sûr que mon ami aussi.

Je me suis redressé, m'accrochant à l'appui-tête du siège de devant.

— Maman ?

Elle a répondu d'un ton sec sans même se retourner :

— Écoute, Yann. Je n'ai pas voulu t'engueuler jusqu'à présent, parce que j'avais peur que tu aies quelque chose de grave. Maintenant que je suis rassurée, je te conseille de te faire oublier.

J'ai échangé avec Yamel un regard entendu. Quand

ma mère est dans de telles dispositions, il vaut vraiment mieux ne pas insister. Elle avait eu un drôle de choc, en me découvrant sous le poêle ; peut-être même m'avait-elle cru mort. Le temps arrangerait les choses. En attendant, profil bas.

Ce qui était sûr aussi, c'est qu'elle n'avait pas vu le vieux courir se planquer loin de la piste...

En arrivant à la maison, je déclarai pouvoir dîner à table, la position couchée m'étant alors plus une gêne qu'une occasion de repos. Un climat orageux régna pendant le repas, plus du fait de ma mère que de mon père. Lui avait l'air de trouver cet accident presque amusant ; il avait oublié sa colère de l'après-midi. « C'est le métier qui rentre », disait-il, et maman lui jetait des œillades courroucées.

Yamel et moi mourions d'envie de discuter de la vieille gueule de papaye, mais la manière dont ma mère balançait les portions dans nos assiettes nous fit nous tenir cois jusqu'au dessert. Céline, impressionnée, semblait hypnotisée par les bandes qui dépassaient de l'échancrure de ma chemise entrouverte. Elsie et Dora se contentèrent de me gaver un peu plus que d'habitude. Mon grand-père Georges grognait contre sa goutte qui le faisait souffrir.

Dès que nous eûmes fini notre dernière bouchée, ma mère nous ordonna, à Yamel et à moi, d'aller nous coucher. Nous nous gardâmes de rouspéter comme nous le faisions toujours, d'autant que nous avions beaucoup de choses à nous dire...

Maman vint m'aider, avec force couvertures et oreillers, à trouver une position correcte dans mon lit ; elle soupira une dernière fois en vérifiant la tension de mes bandages, nous souhaita bonne nuit, à Yamel et moi, puis quitta la chambre.

Je me tournai vers mon ami, qui paraissait déjà dormir, vautré dans ses draps.

— Hé ! Hééé, Yamel ! Tu es bien d'accord, hein, c'était la gueule de papaye, sur la route ?

Il souleva péniblement la tête pour me regarder.

— Sûr, c'était lui. Awa ! Je suis fin en tas[1] !

Il se laissa retomber sur l'oreiller et ferma à nouveau les yeux.

— Il faudrait qu'on sorte cette nuit, pour voir s'il est resté dans le ranch, insistai-je. Cette fois, il y a vraiment du louche dans tout ça. Tu as vu comme il est parti se planquer ? Le problème, c'est qu'il a pu bouger. On aura du mal à le retrouver, à deux. Ce que je te propose...

Un ronflement léger m'interrompit ; Yamel dormait, les bras en croix, bouche ouverte.

---

1. *Fin en tas :* très fatigué.

Là, je fus indigné. C'était à croire que j'étais entouré de mauviettes. On eût dit que l'accident les avait plus touchés que moi ; pour un peu, ils auraient été malades à ma place. Mais moi, je me sentais bien réveillé.

Je me levai, allai vers la fenêtre et soulevai un coin du rideau. La nuit était étouffante, l'atmosphère poisseuse, comme constituée de vapeur d'eau sucrée. Croc et Faya, les deux chiens du ranch, musardaient mollement sous une lune au croissant filiforme.

Soudain, tout tourna autour de moi. D'une démarche mal assurée, je retournai sur mon lit. Peut-être n'étais-je pas si en forme après tout...

Le réveil fut laborieux; je m'étais laissé tomber à plat ventre sur mon lit et j'avais passé la nuit comme ça. Aussi, quand Yamel me secoua, j'eus des difficultés à simplement me retourner. J'avais mal partout et respirais plus parcimonieusement que la veille, craignant de soulever mes côtes douloureuses. Mon ami avait quant à lui parfaitement récupéré.

— Alors, Yann ? Qu'est-ce qu'on fait aujourd'hui, on le cherche, le vieux ?

Piteusement, je rabattis le drap sur moi et soufflai :

— C'est que... je ne me sens pas trop bien. Je crois que je vais rester un peu au lit.

— Je pense bien, que tu vas rester couché ! Tu imaginais sans doute que j'allais te lâcher dans la brousse, dit ma mère qui venait d'ouvrir la porte de ma chambre et se tenait sur le seuil, bras croisés. Même si ce n'était pas nécessaire, je t'y obligerais pour te donner une leçon !

Je ne protestai pas, trop fatigué pour affronter une discussion. Ma mère m'apporta sur un plateau mon petit déjeuner, mais je n'étais pas en mesure d'apprécier ce luxe inhabituel. Je me rendormis juste après avoir mangé.

Il était midi quand je me réveillai. Yamel feuilletait une bande dessinée, assis à côté de mon lit.

— Awa, il est temps ! Je me demandais si tu allais passer la journée dans les vapes !

Je me sentais beaucoup mieux ; juste un peu abruti d'avoir trop dormi.

— Yamel ! Tu ne vas pas me dire que tu es resté à côté de moi jusqu'à maintenant !

— Ben... Si ! C'est fait pourquoi, les amis ?

— Et Céline ? demandai-je sournoisement. Tu aurais pu en profiter pour rester un peu avec elle ? Hmm ?

Il détourna le regard, embarrassé.

— Oh, elle est à Voh, chez une amie qui a de nouveaux dixes[1] a lui faire écouter, des trucs qui arrivent juste de Paris, il paraît. Je ne l'ai vue que ce matin, en passant.

Je m'en voulus d'avoir taquiné mon ami. Quand il s'agit de Céline, il est si facile de le mettre mal à l'aise...

— Bon. Mon vieux Yamel, revenons à nos moutons. Je me demande s'il est très malin de cacher plus longtemps à la famille ce qui se passe. Il est évident que notre homme a quelque chose à se reprocher ; à son âge, on ne joue pas aux espions sans avoir une bonne raison de le faire.

Mon ami fit une mimique désappointée. Sans qu'il eût besoin de parler, je compris ce qu'il avait en tête. À supposer que les adultes acceptent de nous croire, et enquêtent sur la vieille gueule de papaye, ils trouveraient certainement la solution de l'énigme. Elle serait

1. *Dixe :* disque.

d'une banalité affligeante, car les adultes ont cette triste habitude de transformer les rêves épiques en plates péripéties du quotidien. On apprendrait alors que la gueule de papaye était géologue et faisait des relevés, ou bien chasseur de papillons... Et que s'il évitait les rencontres, ce n'était dû qu'à sa timidité. Une sorte de superstition bizarre m'avertit d'un coup. Si nous prévenions la famille, c'en était fini de l'aventure. En gardant pour nous le secret du visiteur mystère, nous conservions nos chances de vivre du neuf.

Je levai les mains en signe de soumission.

— D'accord, d'accord, on n'en parle plus. Mais explique-moi comment on va le coincer, ce type. Le ranch, ce n'est pas un tas de sable de maternelle. Même si Céline nous aide, nous ne pourrons jamais couvrir toute sa superficie. Il faudrait aussi que ma mère me laisse sortir. Et pour finir, suppose que nous retrouvions le bonhomme. Qu'est-ce qu'on lui demande ?

— Eh bien... ce qu'il fait ici ! Après tout, c'est votre ranch, non ?

Un cri strident, provenant du seuil de la maison, nous interrompit. Yamel et moi fûmes sur pied en une seconde.

— C'est la voix de grand-mère Dora ! balbutiai-je. Il lui est arrivé quelque chose !

Oubliant mes blessures, je me précipitai au-dehors, Yamel sur mes talons. Devant la porte d'entrée, grand-mère était allongée, évanouie. Elsie et maman lui soutenaient la tête. Debout face à elles, triturant entre ses doigts un vieux chapeau de brousse taché de sueur, se tenait le vieux, Gueule de papaye.

4

J'AI COURU dans sa direction, en criant :
— Qu'est-ce que tu lui as fait, salaud ?
Ma mère s'est interposée.
— Tu es fou, Yann ? Il ne l'a pas touchée ! Calme-toi immédiatement !
— Ah oui ? Et Dora, que lui est-il arrivé ?
Ma grand-mère relevait justement la tête. Elle a cligné des yeux en direction de Gueule de papaye, puis elle a murmuré :
— Donald ? C'est bien vous ? Mon Dieu, je dois être en train de rêver.
Donald ! Alors là, il n'y avait plus qu'à tirer le rideau. M'ignorant superbement, le vieil homme s'est agenouillé à côté de Dora et a dit :
— *Dear, I've missed you so much !*[1]

1. « Vous m'avez tellement manqué ! »

Puis il l'a aidée à se relever. Elle s'est appuyée sur son épaule. Elsie et maman avaient l'air aussi stupéfait que moi, mais Dora a continué sans prendre garde à notre présence :

— Oh ! Donald ! Je n'ai toujours pas appris l'anglais, depuis votre départ... Mais vous, vous souvenez-vous de mes leçons ?

— Un petit peu, a-t-il articulé avec peine. Un petit tout peu ; mais assez pour vous dire dans le votre langue : vous êtes toujours belle...

Ma parole, ce cinglé draguait ma grand-mère, et devant nous, encore. J'ai retenu à grand-peine le fou rire nerveux qui me montait aux lèvres.

Yamel m'a soufflé à l'oreille:
— Qu'est-ce qui se passe, ils sont tous devenus fous ? Et qu'est-ce qui lui prend, à ce poken[1] ?
— Je n'en sais pas plus que toi; viens, on les suit...
Ma mère, Elsie, Dora et Gueule de papaye pénétraient dans la maison; ils se sont dirigés vers le salon, et nous allions entrer à leur suite dans la pièce quand maman nous a arrêtés.
— Dis donc, Yann, tu ne crois pas que tu t'es assez fait remarquer ? Laisse-nous discuter; va jouer avec Yamel.
« Va jouer ! » Là, l'humiliation était à son comble. J'ai grondé:
— N'empêche... Tu ne sais pas tout, sur ce vieux type. Nous...
Ma mère m'a interrompu impatiemment.
— Je t'ai dit d'aller jouer.
Et elle m'a claqué la porte au visage.
J'ai posé la main sur la poignée, mais Yamel m'a tiré en arrière.
— Laisse tomber, Yann. Si tu insistes, ça va chier des pépins de goyave. Allez, viens, on n'a qu'à s'entraîner au bibiche, ça nous passera le temps.
Je suis allé chercher mon lance-pierres dans ma

1. *Poken:* Anglo-Saxon.

chambre en maugréant. Comme toujours, Yamel avait le sien sur lui, dans la poche de son short. Et comme toujours, il me battit facilement...

Une heure passa, puis deux. Enfin, Vieille gueule de papaye sortit de la maison et partit à pas rapides en direction d'un massif d'acacias. Dora sortit sur le seuil et le suivit des yeux ; elle avait une drôle d'expression, que je ne lui avais jamais vue. Alors comme ça, le bonhomme repartait déjà. Peut-être allions-nous savoir le fin mot de l'affaire...

J'avais cependant été assez rabroué comme ça, et je me retins d'aller demander ce qui se passait. D'ailleurs, en fait de départ... Gueule de papaye déboucha de derrière les acacias, au volant d'une Jeep, et stoppa près de la maison. Il déchargea un sac, puis sourit à Dora.

— J'irai chercher à le hôtel le reste de ma bagage, dit-il.

Ma mère m'appela depuis l'intérieur.

— Viens m'aider, Yann. Il faut déménager ta chambre.

Déménager ma chambre ? Le cauchemar continuait.

— Et pourquoi ça ?

— Parce que M. Moore va dormir chez toi. En attendant, tu t'installeras chez Céline. Yamel devra rentrer à Oundjo. Je suis désolée, il n'y a pas assez de place pour lui.

— M. Moore ? Je suppose que c'est le nom de l'autre, là ?
Ma mère dut comprendre que j'étais dépassé par les événements, car elle se radoucit.
— Oui, c'est une histoire un peu compliquée, et incroyable. Quand j'aurai le temps, je t'expliquerai. En attendant, je te demande d'être poli avec lui.
— Alors, je vais raccompagner Yamel à Oundjo.
— Tu vas rester ici ; je ne tiens pas à ce que tu aies un malaise sous le soleil. Déjà, tu devrais être au lit.
Ces vacances prenaient décidément un tour infernal. J'expliquai la situation à Yamel, et lui conseillai de rentrer dès maintenant ; puisque j'étais bloqué à la maison, il était hors de question de l'obliger à se morfondre avec moi.
— Tu sais, me dit-il, j'ai idée que ça va bouger dans les jours qui viennent. Alors je viendrai ici dans la journée et je rentrerai à Oundjo le soir. Moi, marcher, je m'en fiche. Euh, n'oublie pas de dire à Céline... Oh, rien. Tata[1] !
Il me donna une tape sur l'épaule et s'en alla. Je n'étais pas habitué à rester seul et inactif. Vautré dans un fauteuil, sous la véranda, je lançai des bouts de bois à Croc et Maya ; la chaleur les rendait indolents,

1. *Tata :* « Au revoir. »

et ils ne me les rapportaient qu'une fois sur deux, sans enthousiasme. Mon grand-père Georges vint me rejoindre et s'assit à côté de moi.
— Fait chaud, hein, fiston ? Je ne crois pas que ce soit très bon pour cette saleté de goutte.
La goutte, la goutte ! Il ne parlait jamais que de ça. Exaspéré, je haussai les épaules, j'enfonçai mon chapeau sur mes cheveux mouillés et sortis sous le soleil. Elsie me rattrapa au vol et me tendit des sandwiches qu'elle venait de préparer.
— Tu n'as pas déjeuné ! Tiens !
— Je n'ai pas faim, répondis-je avec humeur.
Sa voix monta dans les aigus.
— Tu vas me faire le plaisir de manger ! Et tout de suite !
Je la considérai, stupéfait. Depuis des années que je vivais avec elle, c'était bien la première fois qu'Elsie se mettait en colère. Elle secoua sa crinière blanche, ondulée, et tapa du pied. On eût dit une petite fille à qui on aurait volé sa poupée. Georges, qui n'avait pas quitté la véranda, demanda en geignant :
— Eh ? Qu'est-ce qu'il y a, chérie ? Si le gamin n'a pas faim, il ne mourra pas de sauter un repas...
— Toi, laisse-moi tranquille. Oh, mon Dieu, comme vous êtes énervants !
Elle disparut dans la maison. Georges en oublia un

instant, je crois, de penser à sa goutte. On avait transformé sa femme. Je le laissai à son étonnement et traînai mon corps endolori jusqu'au creek[1], à quelques centaines de mètres du ranch.

La tête en arrière, les cheveux baignés par le léger courant, je tentai de faire le point. En deux jours, il s'était décidément passé beaucoup de choses. Ce n'était qu'hier matin, que nous avions rencontré la gueule de papaye, alias Donald Moore, pour la première fois. Ensuite, il y avait eu l'accident; puis nous avions revu l'affreux dans un autre coin du ranch, le soir même. Et aujourd'hui, comme une fleur, il arrivait chez nous et faisait du plat à Dora.

Peut-être était-ce une vieille connaissance de ma grand-mère, mais dans ce cas, pourquoi avoir traîné autour de la maison comme il l'avait fait? Instinctivement, quelque chose me disait de me méfier de ce poken. D'ailleurs, l'ambiance familiale s'était singulièrement détériorée depuis qu'il avait montré son nez.

Le bon point, c'était de l'avoir sous la main. Nous n'aurions pas à courir la brousse pour savoir où il était. Compte tenu de la nervosité ambiante, le mieux était de ne pas poser de question, mais d'ouvrir les yeux et les oreilles.

---

1. *Creek*: ruisseau.

Comme je revenais vers la maison, la voiture des Léger déboucha sur la piste, face à moi. Céline était assise à l'arrière, Cerise Léger conduisait. Elle s'arrêta en me voyant, me fit un signe de la main.

— Oh, Yann ! Il fait affreusement, horriblement chaud, n'est-ce pas ? Mais dites-moi, comment allez-vous ? Votre sœur m'a dit que vous vous étiez blessé ?

Je marmonnai quelques politesses et les accompagnai d'un pas lent jusqu'à la maison. La journée des indésirables... Il ne manquait plus qu'une invasion de serpents venimeux ou de chauves-souris enragées pour compléter le tableau.

D'abord la gueule de papaye, et maintenant Cerise Léger.

Heureusement, ni son mari Claude ni leur fille Anne-Dorothée ne l'avaient accompagnée. Anne-Dorothée ! Je suppose que ce prénom vous met sur la voie : il n'existe personne, au monde, de plus snob que la famille Léger.

Ils habitent pendant l'année à Nouméa, la capitale de notre Nouvelle-Calédonie, où Claude Léger exerce une importante fonction dans l'administration. Mais quand les vacances arrivent, ils viennent près de Voh où ils ont une résidence secondaire, une espèce de villa aux murs en briques roses, ridicule.

Nous avons fait leur connaissance par hasard. Ils avaient voulu assister à un rodéo et à une course de stock[1], que plusieurs ranches de stockmen organisaient près de Voh. C'était, il y a deux ans, la première année qu'ils venaient dans ce coin de l'île, et la pluie les avait surpris sur la piste ; ils s'étaient embourbés jusqu'aux essieux. Mon père et moi conduisions justement nos bêtes à la fête, chacun sur notre cheval ; je n'oublierai jamais l'allure impayable de M. Léger, frêle citadin dégoulinant de boue, pleurant presque de dépit, à côté de sa belle voiture, tandis que sa femme et sa fille se recroquevillaient frileusement, à l'abri.

Nous les sortîmes de là en dix minutes. Il faut être juste et avouer qu'ils en furent reconnaissants ; depuis, ils passent nous voir souvent, et nous invitent aussi. Mon père, qui n'est pas un tendre, pense que nous les amusons, comme les sauvages amusent ceux

---

1. *Stock* : bétail.

qui se prétendent civilisés. Mais je crois que ce qui est également vrai, c'est que mes parents sont un peu flattés de connaître du « beau monde »...

C'est ma sœur Céline qui s'est le plus entichée de ces drôles de zozos. La fameuse Anne-Dorothée, qui a à peu près le même âge qu'elle, possède une garde-robe impressionnante, propre à séduire n'importe quelle petite fille. De plus, ses parents mettent un point d'honneur à se faire envoyer de métropole les derniers gadgets, les ultimes raffinements parisiens. Tout cela a un peu tourné la tête à Céline, qui se fait inviter aussi souvent que possible. Elle revient toujours un peu rêveuse de la villa en briques roses, et pendant quelques jours, même les animaux ne l'intéressent plus.

Yamel et moi rigolons beaucoup des tenues extravagantes des Léger, et de leur propension à tout trouver « extraordinâre », « tâârible » ou « mârveilleux ».

Céline descendit de voiture ; elle portait une robe mauve, à smocks.

— Tu as vu, Yann ? C'est Anne-Dorothée qui me l'a prêtée ! Ça me va bien ?

Je rigolai sous cape.

— Ah, sûr ! Tu es splendide ! Mais avec ce temps, c'est un peu comme si tu te trimbalais avec une couverture dans le Sahara, non ?

— Pauvre idiot ! Je n'ai pas chaud du tout, répliqua-t-elle en essuyant du plat de la main la transpiration qui ruisselait dans son cou. La vérité, c'est que tu es jaloux ! Yamel ne dira pas comme toi... Où est-il ?

Je n'eus pas le temps de lui expliquer les événements de la journée. Maman sortit sur le perron pour accueillir Cerise Léger ; elle était accompagnée de Dora, et de Donald Moore. En voyant le vieil homme, Céline laissa échapper un petit cri effrayé.

— Eh bien, qu'est-ce qui t'arrive, Céline ? demanda maman.

— Oh, je crois pouvoir expliquer à vous, intervint Gueule de papaye. Hier, je me suis cogné sur vos enfants en cherchant le ranch ; ils ont dû me prendre pour un rôdeur.

Dora minauda :

— Tu verras, ma petite Céline. Donald n'est pas méchant du tout, hi, hi, hi !

Négligeant l'incident, maman s'empressa de faire entrer Cerise Léger. Je l'entendis présenter la vieille gueule de papaye :

— M. Moore est Américain ; un très vieil ami de la famille...

Tu parles ! Tellement vieux que nous n'en avions jamais entendu parler. Céline avait complètement oublié sa robe. Je lui racontai ce qui s'était passé, et

nous tombâmes d'accord sur un point : Donald Moore avait menti. Quand nous l'avions surpris dans la brousse, à proximité de notre ranch, il n'était pas perdu du tout. Pourquoi alors se serait-il enfui ? Et pourquoi surtout ne nous aurait-il pas demandé son chemin, puisqu'il parlait à peu près français ?
Céline, fine mouche, réfléchissait de son côté.
— Nous savons qu'il s'appelle Donald Moore, qu'il est Américain, et qu'il a connu grand-mère il y a longtemps. Laisse-moi faire, dans une heure je te dirai le reste.
Je faisais confiance à sa ruse et à ses cajoleries ; il n'y avait plus qu'à attendre.
Elle disparut dans la maison ; je retournai sous la véranda. La porte s'ouvrit et je crus qu'elle avait déjà les renseignements. Ce n'était que Cerise Léger, qui me fit un salut de la main avant de monter dans sa voiture.
— Cher Yann ! N'oubliez pas que vous pouvez venir à la villa quand vous le désirez !
« Merci, me dis-je *in petto*, j'ai toutes les robes qu'il me faut. »
Et je lui rendis son salut.
Le temps me sembla long jusqu'à la réapparition de Céline. La mine déconfite, elle avoua :
— Rien à faire. Ils ne s'occupent même pas de moi.

Je cherchais un autre moyen de parvenir à nos fins, quand Elsie passa la tête par une fenêtre.

— Venez, les enfants, nous avons quelque chose à vous dire.

5

À PART GRAND-PÈRE Georges, qui était sans doute remonté dans son lit pour soigner sa goutte, ils étaient tous installés dans le salon, la mine grave, quand nous entrâmes. Maman nous fit signe de nous asseoir.

— Yann, tu as douze ans, et ta sœur en aura bientôt onze. Je crois que vous êtes assez grands pour que nous vous parlions en adultes...

Nous acquiesçâmes, rongés de curiosité.

— Ce que j'ai à vous dire remonte à très loin, à il y a plus de cinquante ans. Vous savez que notre ranch a été bâti par les parents de votre grand-mère Dora. Elle-même est née ici...

— En 1924, intervint Dora.

— Oui... et puis, il y a eu la guerre de 1940, et les Américains sont venus sur notre île pour en faire la plus grande base militaire de tout le Pacifique.

— On a appris ça à l'école, dis-je, impatient.
— Ne m'interrompez pas tout le temps. Donc, les Américains ont établi des bases dans toute la Nouvelle-Calédonie. En 1942, les parents de Dora ont été tués par un avion qui avait raté son décollage et qui s'est écrasé sur leur voiture. Dora était restée au ranch...
— Je m'en souviens comme si c'était hier, gémit grand-mère. J'avais dix-huit ans. C'est là que j'ai rencontré Donald.
— M. Moore a le même âge que Dora, expliqua ma mère. Il était soldat, engagé volontaire dans la guerre du Pacifique, contre les Japonais. Pendant deux ans, entre les missions, il revint ici, au ranch ; votre grand-mère et lui étaient très amis.
« Très, très amis », pensai-je en essayant de discerner, sur les traits de la vieille gueule de papaye, ce qu'auparavant il avait pu avoir de séduisant. J'avais en face de moi un grand type dégingandé, aux yeux pâles, l'air maladif. Il lui manquait plusieurs dents.
Dora continua l'histoire.
— En 1944, Donald a été renvoyé aux États-Unis ; je n'ai plus entendu parler de lui. Et en 1950, à vingt-six ans, j'ai rencontré votre grand-père, Louis. Nous avons eu un fils, votre père. Mais le sort s'est acharné contre nous. Louis est mort l'année suivante, tué par

un taureau pendant une course de stock. Je me suis occupée du ranch, seule, avec les employés, comme je l'avais déjà fait après la mort de papa et maman. Quand votre père a été assez grand, il m'a aidée. Puis il a rencontré Angèle, votre mère. Ils sont restés ici et, finalement, ses parents à elle, Georges et Elsie, sont venus vivre avec nous.

J'ignorais la plupart des détails que Dora venait de nous révéler. Jusque-là, les péripéties familiales ne m'avaient guère intéressé. Mais ce que j'avais le plus de mal à comprendre, c'était pourquoi Donald Moore réapparaissait, cinquante et un ans après son départ... Il parut lire dans mes pensées.

— Quand j'ai été retourné aux *States,* et que la guerre a fini, j'ai voulu revenir la plus vite, pour trouver

Dora et la marier. Mais j'ai eu un grave accident, cogné la tête contre un camion, et j'ai eu *amnesia*... comment dites-vous ? Oui, une amnésie. Pendant toutes ces années, on m'a mis dans une hôpital, et une autre. Il y a quelques années, des médecins ont trouvé une nouvelle médecine, médicament, je veux dire, contre l'amnésie. Ils me l'ont donné, ça a marché très bien, et tout de suite, je suis revenu voir Dora.

Une amnésie de cinquante ans ! Gueule de papaye était bon pour le Livre des records.

— Si je comprends bien, s'exclama Céline, vous avez vécu ici avant la naissance de mon père, quand il y avait la guerre ? Vous avez habité dans notre maison ?

Dora rougit, et bredouilla :

— Oh ! Donald rentrait dormir à son campement ! Il venait juste prendre le thé ou discuter avec moi de temps en temps !

Maman se hâta de changer de sujet.

— Voilà, vous savez tout. Je crois que M. Moore va rester chez nous... aussi longtemps qu'il le désirera, ajouta-t-elle en lui souriant.

Nous entendîmes le pas du cheval de mon père, qui passait devant la maison pour se rendre à l'écurie ; tout le monde se leva, Dora posa sa main sur celle du poken et souffla :

— C'est mon fils ; je vais lui parler.

Je sortis en même temps qu'elle. Il faisait toujours très chaud, bien que le soleil commençât à décliner. Mon père bouchonnait son cheval, devant l'écurie. Grand-mère alla vers lui, de son pas incertain de vieille dame. Je m'éloignai.

Mon accident, le jour précédent, avait jeté une ombre sur le dîner. Ce soir-là, ce fut la présence de la gueule de papaye qui gêna. Il se dépensait sans compter, pourtant, à essayer de se rendre sympathique, racontait des anecdotes de la guerre — semblant décidément remis de son amnésie, mais ça ne prenait pas. Dora était la seule à rire ; elle discutait avec le vieux comme si nous n'étions pas là. Mon père, soucieux, la regardait. On aurait dit qu'il ne l'avait jamais vue. Je le comprenais fort bien. Pour lui, ce devait être curieux de découvrir un amoureux à sa vieille maman...

Céline me faisait du pied, sous la table, et improvisait des mimiques significatives, quand personne ne la regardait. Elle pensait la même chose que moi : on avait introduit le loup dans la bergerie.

À la fin du repas, j'entraînai mon père à l'écart. Il me tapa sur l'épaule et me dit :

— Ça va déjà mieux, ces côtes, pas vrai ? On est costauds dans la famille. À ton âge, j'ai eu un accident de cheval ; jambe cassée. Le médecin avait dit : trois semaines de lit, mauvaise fracture. Deux jours plus tard, j'étais à cheval, avec mon plâtre ! Et ce trou dans les fesses, il se porte comment ?

— Celui-là, affirmai-je, à cause de sa position stratégique, il risque de m'empêcher de monter pendant un bout de temps. Je ne peux quand même pas me mettre un coussin dans le pantalon avant de grimper sur la selle !

Mon père rigola, puis, plus bas, ajouta :

— Tu as un truc à me dire ; ce ne serait pas au sujet du poken ?

— Oui. Dis donc, Dora t'a tout raconté ?

Il hocha la tête.

— Alors, continuai-je, tu y crois, à cette histoire d'amnésie ? Tu ne trouves pas ça bizarre ?

Il fit crisser le plat de sa main sur ses joues.

— Je ne sais pas si je fais bien de te le dire, mais, non, je n'y crois pas. C'est trop énorme. Ce doit être beaucoup plus simple. Tu vois, quand on arrive à la fin de sa vie, on éprouve souvent le besoin de revenir vers ce qu'on a connu, longtemps avant. Notre bonhomme a peut-être eu un coup de nostalgie, et s'est dit : « Tiens, si j'essayais de retrouver Dora ? » Peut-être aussi qu'il est seul dans la vie ; on ne peut pas le laisser repartir comme ça.

— Tu veux dire qu'il pourrait rester ? m'inquiétai-je.

— Aucune idée. Mais tu as vu comme moi la joie de

ta grand-mère, n'est-ce pas ? Imagine ce qui se passerait si on fichait son Donald à la porte. De toute façon, pas la peine de s'affoler. Il n'est sans doute que de passage. En revenant à cheval, j'ai vu sa Jeep garée devant chez nous. Et comme c'est une voiture que je ne connais pas, j'y ai jeté un coup d'œil ; il l'a louée à Nouméa. En général, on ne loue pas un véhicule si on projette de rester longtemps.

Je trouvai cette supposition hasardeuse, mais compris que mon père essayait de se rassurer en même temps que moi. Il n'avait pas l'air d'aimer le vieux plus que de raison.

En tout cas, notre poken avait fait plus de trois cents kilomètres de conduite, par la route territoriale numéro 1, et pas mal de piste aussi pour arriver à notre ranch. Il devait avoir vraiment envie de venir...

Céline nous rejoignit et demanda si j'avais parlé à papa du comportement étrange de l'homme, la veille. Elle le lui expliqua, mais il n'en fut pas ému outre-mesure.

— Écoutez, c'est vrai qu'il n'est pas très sympathique, mais ce n'est pas une raison pour en faire un Jack l'Éventreur. Le fait qu'il ait tourné autour du ranch montre seulement qu'il était indécis, ou qu'il avait peur de déranger. Promis, je le surveillerai pour voir s'il ne vole pas de confitures !

Il nous planta là et rejoignit le petit groupe, qui était

occupé à faire admirer au poken les changements que la maison avait subis en cinquante ans.
— C'était beaucoup plus petit, avant ! disait le vieux. Vous avez faites des pièces en plus !
Dora exultait.
— Comme vous êtes observateur, et quelle mémoire ! En fait, nous avons ajouté deux chambres. Mon fils Sébastien les a construites tout seul !
— Et je vois que vous avez posé de la plancher. À mon époque, c'était de la terre battue...
La conversation continua ; j'annonçai à Céline que je dormirais chez elle, puisque maman l'ordonnait.
La fatigue pesant sur mes côtes, je me décidai à rejoindre la chambre. Gueule de papaye me souhaita le bonsoir dans un hideux sourire qui découvrit sa bouche édentée. Avant que ma sœur me rejoigne, je m'endormis.

Le lendemain matin, je souffris encore de mes côtes. Le réveil était difficile, parce qu'il fallait, petit à petit, domestiquer ma respiration, lui ordonner de ne pas jouer avec mes os abîmés. Si je n'avais pas su que Yamel devait nous rejoindre ce jour-là, je serais resté au lit, à paresser. Céline, les cheveux répandus sur le visage comme une sorcière miniature, se grattait le crâne en bâillant.

— Dis donc, tu as ronflé toute la nuit. J'ai failli me lever et te verser un verre d'eau dans le cou !

— Eh bien, si tu ne l'as pas fait, ça prouve que tu es prudente, grognai-je, menaçant.

Sur ces amabilités, nous allâmes à la cuisine prendre le petit déjeuner. Une bonne surprise nous attendait, Yamel était déjà là ; il buvait son café au lait, en discutant avec maman.

— Awa ! Vous devenez plus flemmards chaque jour ! Il faudrait astiquer[1] si vous voulez arriver à temps !

— À temps pour quoi ? demanda Céline.

Yamel posa son bol ; l'indignation lui faisait écarquiller les yeux comme une chouette.

— Mais le match ! Le match !

Nous avions complètement oublié ; ce matin devait se jouer une partie de cricket entre la tribu d'Oundjo et l'équipe de Kaala-Gomen, un village plus au nord. Yamel nous en parlait depuis des jours. Comme beaucoup de ses copains mélanésiens, il était fou de cricket. Et quand je dis fou, ça veut dire qu'il aurait traversé toute l'île à pied pour voir un match !

— Pour une fois, je vais vous y conduire en voiture, dit ma mère. Je ne veux pas que Yann se fatigue trop. Et si j'ai le temps, je regarderai un peu le match.

---

1. *Astiquer :* se dépêcher.

— Et l'autre, demandai-je en baissant la voix, il n'est pas encore levé ?

— L'autre, comme tu dis, est allé à Voh avec Dora pour chercher le reste des affaires qu'il avait laissées à l'hôtel. Ils ne reviendront pas de la journée. Je crois qu'il l'invite au restaurant, et ta grand-mère veut lui montrer la côte et les nouvelles constructions.

— Quand même, gémit Céline, ne nous dis pas qu'il va l'épouser ? Cette nuit, j'ai pensé qu'ils ne s'étaient pas vus depuis plus d'un demi-siècle !

— Eh bien, si M. Moore n'était pas retourné en Amérique, il serait peut-être votre grand-père ! gloussa maman.

Visiblement la chose l'amusait.

Céline, Yamel et moi échangeâmes des grimaces horrifiées.

6

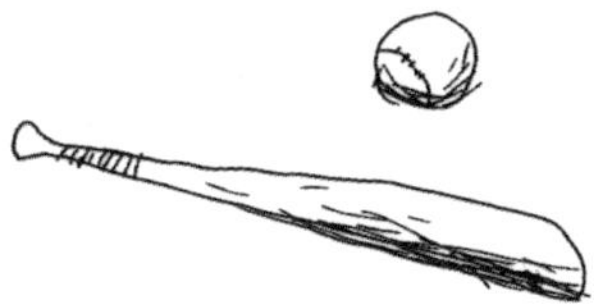

Le cricket, tel qu'il est pratiqué chez nous, n'a pas grand-chose à voir avec son cousin anglais. Les missionnaires qui l'ont introduit il y a des années de ça étaient pourtant britanniques. Mais ici, ce sont surtout les femmes canaques, les « popinées », qui jouent. Et les règles sont devenues complètement différentes de celles des pokens. Le cricket en Nouvelle-Calédonie ne ressemble à aucun autre dans le monde. D'ailleurs, moi, je n'y comprends rien, et je m'en fiche. C'est l'ambiance qui est géniale. Imaginez les femmes en robes mission[1], déchaînées, qui courent sur le terrain dans tous les sens, et le public — il y a toujours beaucoup de spectateurs — qui rigole quand on manque un coup, ou siffle et bat des mains quand c'est réussi... D'ordinaire, les Canaques sont

1. *Robes mission :* robes en cotonnade aux couleurs vives.

calmes et n'élèvent presque jamais la voix. Mais là, c'est différent ! Ce matin, nous avons assisté à un sacré match. Je ne comprenais pas plus les règles que d'habitude, mais la tribu d'Oundjo, qui recevait, était en forme... J'en étais à me demander s'il y avait plus d'agitation dans les rangs des joueuses ou chez les spectateurs, quand l'arbitre a reçu une batte en plein nez, geste maladroit d'un membre de l'équipe de Kaala-Gomen. Ç'a été le délire. On rigolait tellement qu'il a été question d'arrêter le match. La mère de Yéwéné, meneuse de jeu très respectée, a réussi, en braillant comme un putois, à ramener le calme. Oundjo a écrasé Kaala-Gomen. Céline et maman (qui était restée jusqu'au bout, tenue par le suspens) se sont essuyé les yeux, Yamel s'est raclé la gorge — il avait tellement hurlé qu'il parlait comme un cagou.
Djubelly s'est approché de nous, un vieux Kodak à la main.

— Serrez-vous, on va claquer une photo, c'est un jour historique !

Yamel ne cessait de répéter : « Ça, c'était un match valaab[1] ! Fin valaab ! » Et il rigolait de plus belle, à y repenser. Nous avons mangé avec eux le repas de fête : filet de requin, cochon sauvage au four canaque, sau-

1. *Valaab :* chouette, super.

cisson de cerf... Ma mère, épanouie, le visage béat, ne songeait plus à partir. Elle, qui d'habitude n'arrête pas de travailler, a fini par s'endormir à l'ombre d'un faré. C'est alors que Yamel nous a chuchoté :

— Hé, si je vous disais que j'ai une surprise pour vous ?

Il a désigné la case où maman faisait la sieste.

— Mais il faudra prendre le baby-car[1], parce que c'est un peu loin. Vous savez, la crique du Dawa ?

Céline a soupiré, fatiguée à l'avance :

— Elle vaut la peine d'aller si loin, ta surprise ?

— Oh, oui ! Surtout pour toi ! a-t-il répondu, énigmatique. D'ailleurs, il ne faut pas traîner, le baby passe dans un quart d'heure.

Je savais que maman ne serait pas folle de joie en ne nous trouvant pas à Oundjo quand elle se réveillerait. Aussi Céline et moi avons décidé de lui laisser un mot d'explication. Si elle désirait rentrer au ranch avant notre retour, nous reviendrions à pied. « Je me sens très bien », ai-je ajouté au bas du papier ; ce qui n'était pas tout à fait vrai. Mon pansement m'écrasait plus que jamais, j'aurais voulu l'arracher. Yamel a rempli un sac-filet de tout le matériel de plongée nécessaire, puis nous avons sauté dans le baby-car.

1. *Baby-car :* autobus.

La crique du Dawa n'est pas beaucoup fréquentée, d'abord parce qu'elle est difficile d'accès, ensuite parce qu'elle est moche. N'imaginez pas une plage de sable blanc avec des cocotiers qui se balancent au vent. Il s'agit plutôt d'une mangrove, dans laquelle baignent les racines d'énormes palétuviers, c'est comme une forêt qui avancerait dans la mer. Vivent là-dedans toute une variété d'animaux curieux : crabes à grandes pattes, poissons à nageoires-ventouses qui sautent sur les basses branches des arbres pour gober les insectes... L'eau est assez trouble, pas vraiment engageante. Céline, pataugeant avec nous dans la boue de la mangrove, s'énerva :

— On est fous de te suivre comme ça. Qu'est-ce que tu veux nous faire faire, ici ?

— Une surprise, c'est une surprise. Ne t'énerve pas, on arrive.

Nous débouchâmes à l'endroit où la mangrove finissait ; la forêt s'ouvrait sur la mer. Yamel s'assit sur une racine, nous distribua masques, tubas et palmes.

— Je crois qu'ils sont là !

— Qui ça, « ils », les requins ? grogna ma sœur. Tu trouves qu'ils ont mauvaise mine, et que quelques bouchées de Céline Séran ne leur feraient pas de mal ?

Notre ami haussa les épaules.

— De mémoire de Canaque, on n'a jamais vu de requin dans cette crique. Mais si vous avez peur, on s'en va.

Un rire forcé nous agita, Céline et moi. Je scrutai l'onde clapotante.

— Peur ? Ha ! ha ! ha ! Nous ? Euh... Alors, on plonge ?

Sans répondre, Yamel ajusta son masque et s'enfonça dans l'eau. Céline le suivit, et je me décidai, imaginant la tête que ferait ma mère si elle me voyait faire trempette avec mes côtes cassées.

Nous nageâmes tout d'abord au milieu des racines ; les particules végétales en suspension dans l'eau rendaient la visibilité médiocre, d'autant que le soleil ne

pénétrait pas bien la mangrove. Mais, à mesure que nous avancions, les racines étaient remplacées par un fond de sable herbeux. J'avais du mal à suivre Yamel et Céline, car malgré le tuba, il me fallait souvent m'arrêter pour respirer à mon aise, les bandages mouillés m'enserrant le torse comme un corset. Yamel plongea sous l'eau. Céline et moi le suivîmes du regard depuis la surface. Une silhouette géante se dessinait parmi les hautes herbes, à quelque cinq ou six mètres de fond. Nageant entre deux eaux, notre ami nous fit signe de descendre avec lui. L'ombre énorme se précisa : un poisson gigantesque, à la bouche démesurément ouverte, les ouïes palpitantes, nous regardait. Nous remontâmes à la surface. Je crachai l'eau contenue dans mon tuba, arrachai l'embout de caoutchouc de mes lèvres et sifflai, furieux :

— Une loche[1] ! Tu nous as fait faire tout ça pour voir une loche !

Céline, moins habituée que moi à la plongée, n'en avait jamais vue. Pas fière, elle n'aurait voulu qu'une chose, retourner au sec. Yamel s'en aperçut.

— Mais non ! Il y a autre chose. Awa, si dans cinq minutes nous n'avons pas trouvé, nous rentrons.

1. *Loche :* très gros poisson, qui avale ses proies en les aspirant. Il serait à l'origine de l'histoire de Jonas et la baleine.

Bien que l'eau fût assez chaude, je commençais à frissonner. Nous étions assez loin du bord, sans même une bouée à laquelle nous accrocher, et le coin était désert. Si un malaise me prenait...

Yamel plongea à nouveau. Ma sœur et moi palmions sur place pour nous maintenir à flot. La tête de Yamel jaillit, dans un grand éclaboussement.

— Je les ai vus, ils sont là ! Venez !

Il prit une profonde inspiration, avant de redescendre.

D'abord, nous ne vîmes rien d'autre que les herbes, toujours plus denses. Nous avancions au milieu de cette savane fluide, quand, se révélant à nous au travers des filaments herbeux, un spectacle incroyable apparut. Des bancs de poissons-tubes, minuscules, fuyaient comme des nuages devant nos masques.

Je crus, l'espace d'un instant, voir des sirènes, et je remontai prendre de l'air, suffoqué.

Céline et Yamel émergèrent derrière moi, et pendant de longues secondes, nous cherchâmes notre souffle.

Enfin, Céline parla.

— Qu'est-ce que c'est ? Qu'est-ce que c'est, Yamel ?

Il exultait.

— N'est-ce pas qu'ils sont incroyables ? Je vous avais bien dit que vous seriez étonnés ! Eh bien, ce sont des vaches !

— Arrête de te fiche de nous, dis-je. Je n'ai jamais vu de machins pareils.
— Mais... je ne ris pas. Ce sont des vaches, des vaches de mer. On les appelle aussi des dugongs.
— J'y retourne ! s'écria Céline.
Les dugongs étaient quatre ou cinq. Nous nous approchâmes, autant qu'il était possible de le faire sans les effrayer. Ils broutaient l'herbe, et c'est vrai qu'il y avait quelque chose de bovin dans leur paisible mastication. Ils étaient bien plus grands et gros que nous, mais nullement agressifs. De temps à autre, l'un d'entre eux remontait à la surface prendre de l'air ; puis il retournait à son festin.
Je ne sais combien de temps continua le manège, mais il durent en avoir assez d'être observés, ou bien étaient-ils repus... Tout à coup, sans que rien le laisse présager, sans un signal, ils disparurent, en trois puissants coups de nageoires.
Ce n'est qu'alors, que je me rendis compte à quel point j'étais épuisé. D'une voix altérée, je dis à Yamel et ma sœur que je rentrais vers la mangrove. Les bandes de mon torse commençaient à se défaire et glissaient le long de mon ventre ; concentré sur ma nage, je n'avais plus la force de les remettre en place. Les grosses racines des palétuviers me semblaient si loin, et j'avais l'impression de m'en éloigner. Derrière

moi, j'entendais Céline et Yamel qui plaisantaient, parlaient des dugongs. Ils palmaient sans effort, et j'allais me noyer...

Une curieuse obstination m'empêchait de les appeler à mon secours, et je me débattais dans une torpeur, un essoufflement grandissants. Je bus ma première tasse ; l'eau saumâtre, légèrement terreuse, s'infiltra dans mes narines. Je toussai, me débattis, à grands moulinets désordonnés. Soudain, je sentis qu'on me glissait un bras sous les aisselles et qu'on me retournait sur le dos. Je me laissai aller. Au-dessus de moi apparurent les premières frondaisons des palétuviers. Le soleil jouait à travers les branches ; on me déposa sur un entrelacs de racines et d'herbes. Céline se pencha sur moi, entreprenant de renouer autour de mon torse les bandes détrempées.

— Ben dis donc, si Yamel n'avait pas été là !

— S'il n'avait pas été là, je n'aurais pas plongé ! m'exclamai-je, à bout de forces.

Puis, immédiatement conscient de mon injustice, j'ajoutai :

— Excuse-moi, Yamel. J'ai eu trop peur.

Pendant de longues minutes, nous restâmes allongés sur les racines. Autour de nous, la mer peu profonde murmurait un clapot irrégulier. Céline s'assit, s'appuya sur l'épaule de Yamel et l'embrassa sur la joue.

Parce qu'il m'avait sauvé la vie, peut-être aussi à cause du spectacle féerique du repas des dugongs.
Je rompis le silence.
— Comment savais-tu qu'ils seraient là, et à cette heure précise ?
— Les pêcheurs de la tribu les ont repérés, il y a quelques jours. Il paraît qu'ils viennent manger ici, et toujours au même moment. Alors, je me suis dit que ce serait chouette de vous les montrer. D'ailleurs...
Levant un bras, je l'interrompis.
— Ne bouge pas. Surtout, ne bouge pas. Reste complètement immobile.
Céline et lui, intrigués, me considérèrent. Est-ce que ma noyade manquée m'avait fait perdre la tête ? Ma sœur porta son regard sur Yamel et poussa un cri avant de rejeter le corps en arrière d'un mouvement panique. Un serpent bleuâtre, rayé de noir et au ventre jaune, plantait ses crochets dans la palme de Yamel, dont l'extrémité affleurait l'eau boueuse. Comme un bouledogue, il maintenait sa prise et secouait la gueule.
— C'est un « tricot rayé », articula Yamel, tétanisé. S'il me mord, dans cinq minutes, tata !
Nous étions tous trois hypnotisés par le serpent, qui ne semblait pas décidé à lâcher le caoutchouc. Yamel glissa une main prudente vers la lanière qui maintenait la palme à sa cheville.

— Ne tente pas ça, lui dis-je. Tes doigts ne seront plus qu'à quelques centimètres de sa gueule. Attends. Je sais ce que je vais faire.

Je remis mon masque et me laissai glisser dans l'eau. Il y avait à peu près un mètre de fond. Je m'éloignai du bloc de racines, puis le contournai pour me trouver du côté de Yamel.

Comme je l'avais prévu, la plus grande partie du corps du serpent s'agitait dans l'eau. L'extrémité de sa queue s'aplatissait pour former une spatule qui claquait parfois à la surface.

Je me mis debout, mon torse émergeant lentement. Frénétique, le « tricot rayé » ne me vit pas, acharné qu'il était à injecter son venin dans sa « proie ». La peau de Yamel prenait une teinte grisâtre. On voyait qu'il faisait de grands efforts pour ne pas se lever d'un bond et arracher sa palme, quelles qu'en seraient les conséquences.

Soudain j'attrapai le serpent par le cou, juste derrière la tête. Il ouvrit la gueule. Je vis distinctement une goutte de venin perler à l'extrémité d'un de ses crochets et s'écraser sur la palme.

Maintenant, le « tricot rayé » s'enroulait sur mon bras, se déroulait, me giflait le visage de sa spatule. À peine plus large que le reste du corps, la tête glissait petit à petit entre mes doigts...

Je cognai le serpent contre le tronc du palétuvier, plusieurs fois. Il se laissa pendre, comme mort. Mais je savais qu'il pouvait toujours mordre quand je le lâcherais, et, stupide, je le maintins à bout de bras, ne sachant que faire. Il mesurait plus d'un mètre, sa queue trempait dans la mer. Un soubresaut de l'animal me prouva que, bien vivant, il n'était qu'étourdi.

— Awa, lance ! Lance-le ! cria Yamel.

Le son de sa voix me sortit de cet étrange état de fascination, et je fis tournoyer l'animal, avant de le projeter au loin. Un remous, et il disparut. Je remontai à toute vitesse sur les racines.

7

— ON VA FAIRE du pouce[1], pour rentrer. L'heure du baby-car est déjà passée, dit Yamel une fois que nous fûmes arrivés sur la route territoriale. Le trajet à travers la mangrove avait été éprouvant. Céline refusait absolument de poser un pied là où il y avait « plein de serpents », selon ses dires, et mon ami s'était proposé de la porter sur ses épaules jusqu'au terrain sec. Aussi était-il maintenant dans le même état que moi ; la langue lui pendait sur les genoux. Nous trouvâmes un petit creek, juste suffisant pour rincer nos peaux rendues poisseuses par l'eau salée, et nous nous postâmes au bord de la route pour attendre une voiture. Une camionnette délabrée s'arrêta, mais elle était chargée jusqu'à la gueule de parpaings et de barres pour armer le ciment. Le conducteur était un

1. *Faire du pouce :* faire de l'auto-stop.

vieux Canaque bedonnant, aussi rempli que son véhicule, pour tout dire.
— Je ne peux en prendre qu'un, à côté de moi, c'est tout, dit-il.
Nous refusâmes. Il était cinq heures; nous attendîmes encore longtemps avant qu'une voiture se profile au bout de la route.
— Mais... dit Céline, mais, c'est Gueule de papaye ! Et mamie Dora !
La Jeep approchait; aucun doute, c'était bien eux.
Ils s'arrêtèrent. Dora, radieuse, nous questionna:
— Eh bien, les enfants, qu'est-ce que vous faites là ?
— On se promène, dit Céline. Et vous ?
— Donald a bien voulu m'accompagner; nous avons longé la côte sur des kilomètres et des kilomètres... Mais montez, vous n'allez pas rester plantés là...
Je vis bien, à la grimace qu'il ne put réprimer, que ça ne faisait pas l'affaire du poken. Après tout, peut-être aurait-il simplement voulu rester seul avec grand-mère... C'était assez compréhensible.
Gueule de papaye conduisait comme un débutant. Mais s'il était resté à l'hôpital sans toucher un volant pendant cinquante ans, comme il le prétendait, alors il avait des excuses.
— Vous avez l'air fatigué, dit-il. Le promenade a été dure ?

— Oh, oui ! répliqua Céline, en fusillant Yamel du regard.
Notre ami gonfla ses joues et laissa filer de l'air chuintant entre ses lèvres serrées. C'était chez lui le signe d'un grand abattement.
Je lui murmurai :
— T'en fais pas. Demain elle aura oublié.
Il demanda au vieux de le déposer près d'Oundjo. Affable, notre conducteur insista pour le ramener à l'entrée même de la tribu.
— Peut-être je pourrais faire la visite ? demanda-t-il.
Gêné, Yamel expliqua :
— Il faudrait que je vous présente au chef, Nidoish. Mais vous n'avez pas de quoi « faire la coutume », alors je crois qu'il vaudrait mieux revenir un autre jour...
— Faire la coutume ?
— Ben... D'abord vous demandez à voir le chef. Vous dites pourquoi vous venez. Après, vous offrez le manou — c'est un tissu — et puis des cigarettes, et un billet de banque. Ensuite, on peut parler. Remarquez, ajouta Yamel, c'est comme ça chez nous, mais dans d'autres tribus, c'est beaucoup plus compliqué...
— Ce n'est pas grave, affirma la gueule de papaye, en découvrant ses dents pourries dans un sourire contraint. Une autre fois ?

Yamel nous donna rendez-vous pour le lendemain, et nous remontâmes en direction du ranch.
Dora faisait un peu la tête. Elle savait pertinemment qu'il eût été facile, pour Yamel, de présenter le poken à la tribu, sans cérémonies. Nous étions les amis de Djubelly et de tous les Mélanésiens d'Oundjo depuis des décennies. Si Yamel ne l'avait pas invité, c'est qu'il n'aimait pas Donald Moore. Ce dernier, dont les yeux scrutateurs démontraient qu'il n'était aucunement un imbécile, avait compris le message.
Le retour à la maison se fit dans un silence morose, Dora et le poken boudant, Céline et moi trop épuisés par notre excursion pour désirer autre chose qu'une touque de limonade, à déguster vautrés sous la véranda.
La voiture du docteur Manessier — le Homard — était garée devant la maison quand nous arrivâmes. Je serrai les fesses. S'il venait pour vérifier mon état et voyait ce que j'avais fait des bandes qu'il m'avait posées... Il fallait au moins que la chose ne se passe pas devant maman, sinon... Je boutonnai ma chemise jusqu'en haut, me redressai comme je le pus et entrai avec les autres. Elsie et maman pleuraient, accoudées à la table de la salle à manger. Elles levèrent des visages gonflés en nous entendant, et nous demeurâmes, interdits, sur le pas de la porte.

— Georges vient de mourir ! sanglota Elsie, en se jetant dans les bras de sa vieille amie.
— Il s'est éteint il y a de ça une petite heure, annonça le Homard. Il n'a pas souffert.
— Mais enfin, s'insurgea Dora, comment cela s'est-il passé ? Angèle, dis-moi.
Ma mère écarta les bras.
— Je n'ai rien vu. J'étais sur le trajet de retour d'Oundjo quand c'est arrivé.... Elsie...
Ma grand-mère essuya ses larmes et expliqua :
— Voilà... J'ai entendu Georges se lever, en marmonnant, comme à son habitude. Je crois qu'il voulait aller dans le potager, pour jardiner un peu ; l'inactivité

lui pesait beaucoup. Moi, j'étais dans la cuisine. Et il y a eu un bruit, et Georges a crié. Je suis sortie, et je l'ai vu allongé par terre, en bas de la marche de la véranda. Il a juré : « Saleté de goutte ! Me suis pris les pieds dans une planche ! » J'ai bien vu qu'il était mal en point, mais je ne savais pas quoi faire. Il m'a fait un geste, comme pour me chuchoter un secret. D'une voix faible, il m'a dit : « Sa... sa... saleté de goutte ! », et il n'a plus parlé... J'ai appelé le docteur, qui a constaté sa mort.

Elsie se remit à pleurer. Je me surpris à songer que grand-père Georges avait de la constance, et que son idée fixe l'avait accompagné jusqu'au dernier soupir. Et, tout à coup, la tristesse se posa sur moi comme une couverture qu'on aurait jetée sur mes épaules. J'aimais beaucoup grand-père, et il allait me manquer.

Nous allâmes le voir dans sa chambre. À travers la mort, il conservait cet aspect grognon que nous lui avions toujours connu. Une curieuse idée me fit associer l'accident du poêle, puis celui du tricot rayé ; enfin, Georges, allongé sur son lit, qui ne se relèverait plus pour fustiger sa « saleté de goutte ». En tout cela, il me parut que Gueule de papaye avait une part. C'était idiot, bien sûr, mais je ne pus faire autrement que de me dire : « Le poken porte la poisse. »

Le Homard remplissait les papiers nécessaires, quand mon père est entré en trombe dans la maison.
— Des bêtes ont cassé la barrière du stockyard[1]; elles sont parties dans la brousse. Je prends la voiture.
Il ne nous a pas laissé le temps de lui annoncer la nouvelle; il est ressorti en criant:
— Occupez-vous du cheval ! Je l'ai attaché devant l'écurie.
J'ai couru à sa poursuite; il était déjà au volant. Il a compris sans que je lui parle et m'a dit:
— Tu veux venir ? Monte.

En route, il m'a expliqué qu'un taureau blessé avait été laissé dans le stockyard en attendant le vétérinaire. La douleur le rendant fou, il avait détruit la barrière et s'était enfui dans la brousse; les bêtes qui restaient parquées dans le stockyard s'étaient égaillées, elles aussi.
Je n'ai pas jugé utile de lui parler de la mort de grand-père. Il serait toujours temps, après.
— Les hommes sont déjà à chercher, avec leurs chevaux. Mais comme ça a dû se passer il y plusieurs heures, les bêtes peuvent être loin. En plus, Marco est malade, il n'est pas venu aujourd'hui. Je n'ai que

1. *Stockyard:* terrain enclos.

François et Jean-Claude sur le coup, a dit mon père, préoccupé.
Nous avons cherché longtemps ; les plus faciles à repérer et ramener au stockyard ont été les génisses et les veaux. Le taureau s'était réfugié dans la savane à niaoulis. François l'a retrouvé. L'animal avait frotté sa blessure contre les troncs, elle s'était envenimée. Nous avons eu du mal à le parquer, et mon père, prudent, lui a envoyé une seringue de calmants à l'aide de la carabine qu'il avait emportée dans le coffre du 4x4.
— Là, on est sûrs que monsieur se tiendra peinard jusqu'à l'arrivée du vétérinaire.
Il a rangé la carabine et posé sur le toit de la voiture une caisse de bières.
— Les gars, on a de la chance ; elles sont restées dans le coffre depuis les dernières courses. Qui veut une topette[1] ?
La chaleur effroyable et la capture du taureau avaient transformé mon gosier en papier de verre. J'ai avalé coup sur coup deux topettes. La mousse de bière chaude frisait à la commissure de mes lèvres, et je tendais le bras pour prendre une troisième bouteille quand mon père m'a dit :

---

1. *Topette :* canette de bière en verre.

— À ton âge, crevé comme tu l'es, et avec ce temps, si tu continues à picoler, tu es bon...

J'ai protesté pour la forme, mais déjà la tête me tournait. Et, plongé dans les brumes d'une demi-ivresse, je me suis entendu annoncer la mort de Georges. Mon père a laissé tomber sa topette et s'est écrié :

— Nom de Dieu de poken !

Lui aussi trouvait que Donald Moore ne nous portait pas chance...

8

MON GRAND-PÈRE Georges avait longtemps vécu à Nouméa, où sa famille s'était d'ailleurs installée depuis son arrivée en Nouvelle-Calédonie au siècle dernier. Nous ne fûmes donc pas étonnés d'apprendre par Elsie qu'il avait souvent formulé le souhait d'être enterré là-bas. Cependant, la capitale n'était pas tout près. Comment organiser cet enterrement ?

Les Léger, qui étaient venus parmi les premiers à l'annonce de la mort de Georges, nous tirèrent cette épine du pied. Nous nous installerions dans leur maison de Nouméa, pour une nuit, avant de revenir au ranch.

— Il vous est absolument impossible de faire l'aller-retour dans la journée, et cela vous évitera les complications de l'hôtel, surtout si vous êtes nombreux ! Nous préviendrons les domestiques, vous aurez de quoi manger, et nos chambres seront à votre disposition, affirma Cerise Léger, tandis que son mari secouait énergiquement la tête.

Nous les remerciâmes, et mon père se mit en devoir d'appeler une entreprise de pompes funèbres, à Nouméa, pour que les funérailles soient arrangées avant notre venue.

Le lendemain, les croque-morts vinrent enlever le corps de Georges. Maman était triste, mais pas autant qu'Elsie. Je crois qu'elle avait vu les forces de son père décliner depuis plusieurs années et que l'idée de sa disparition s'était petit à petit imposée dans son esprit. Tandis que ma grand-mère, qui passait son temps à le forcer à manger ou à prendre ses médicaments, semblait avoir considéré sa déliquescence comme une faiblesse passagère...

Gueule de papaye tendait en tous sens son cou de vieille tortue impassible, mais affichait un flegme très anglo-saxon, prononçant de temps à autre des paroles de digne compassion. Il me paraissait encore plus fourbe dans l'exercice de cette fausse commisération que dans l'habitude qu'il avait prise jusqu'alors de plaisanter et de sourire à tout bout de champ.

À dire vrai, sans que je pusse expliquer cette sensation, je le sentais heureux, presque excité par le deuil qui nous frappait. Je fus tout de même étonné, quand il annonça, la veille du départ, qu'il ne viendrait pas à Nouméa avec nous.

— Je suis fatigué par la voyage, dit-il. Alors, j'espère, vous ne voyez pas d'inconvénient à ce que je reste ici pour attendre ? Dora, ma chère, ce ne sera qu'une très courte séparation, ajouta-t-il, charmeur.

Il était entendu que toute la maison partirait pour Nouméa. Chez nous, la famille, c'est sacré ; nous nous serions sentis déshonorés d'abandonner Georges à la terre sans un dernier adieu. Cependant, l'idée de laisser le ranch aux mains du poken ne me plaisait pas du tout. Je m'en ouvris à mon père et je sus immédiatement qu'il y avait pensé avant moi.

— Après tout, me dit-il, il n'y a rien à voler chez nous. Les recettes du trimestre dernier sont à la banque. En fait d'argenterie, nous avons la théière du mariage de mes parents et douze petites cuillères qui sont à Elsie. Le poken ne nous prendra pas les chevaux, ou le bétail ! Ce n'est pas facile à emporter, en avion... Quant à l'exploitation, François et Jean-Claude s'en occuperont. Nous ne nous en allons tout de même que deux jours, il n'y a pas de quoi paniquer.

La matinée du départ, Yamel arriva alors que nous commencions à charger la camionnette. Céline l'embrassa — elle lui avait pardonné la mésaventure du serpent —, puis je passai le bras autour du cou de mon ami, l'entraînant loin des autres.

— Yamel, j'ai un service à te demander.

— Yossi, Yann ! Tout ce que tu veux, répondit-il tout joyeux, encore sous l'influence du baiser de ma sœur.

— Je sais que tu n'aimes pas la ville et que tu préfères ne pas nous accompagner. Et dans un sens, ça m'arrange...

— C'est gentil, dit-il, ironique.

— Attends, tu vas voir. Le poken ne veut pas venir avec nous, tu comprends que je n'aie pas l'esprit tranquille, n'est-ce pas ? Alors voilà ce que je te propose. Dans la journée, il y aura Marco, François et Jean-Claude qui s'occuperont des bêtes. À ce moment-là, Gueule de papaye n'osera rien faire, parce qu'ils débarquent parfois au ranch à l'improviste. Mais le soir… Est-ce que tu crois que tu pourrais passer, la nuit, pour surveiller ce que trafique ce vieux sagouin ?

— Moi, je veux bien, rétorqua Yamel. Mais qu'est-ce qu'il risque de faire, ton bonhomme ?

— Je n'en sais rien, mais il me semble beaucoup trop content de rester seul chez nous. C'est d'accord, tu passeras ?

— Je passerai. Le plus dur, ce sera de sortir du faré sans réveiller la famille. Et je dormirai le jour ; comme Céline et toi, vous ne serez pas là, ça fera passer le temps plus vite.

Yamel utilisait toujours des moyens détournés pour parler de son amitié. Je lui serrai la main.

— Tu es un vrai frère. À nous aussi, tu nous manqueras. On revient dans pas longtemps.

La famille s'impatientait. Je pris place à l'arrière de la camionnette dont mon père avait roulé la bâche. Dora fut la dernière à monter ; elle roucoulait avec son poken de malheur. Un coup de klaxon de mon père l'arracha à son idylle, et nous partîmes.

Nous avions décidé de prendre la camionnette, puisque la voiture n'était pas assez grande pour nous contenir tous les six, Elsie, Dora, mon père, ma mère, Céline et moi. Je ne crois pas que ce choix ait été si judicieux. Les amortisseurs fatigués du vieux Renault nous faisaient tanguer de telle manière qu'on se serait cru lâchés en pleine mer sur une des pirogues de Djubelly. Encore n'est-ce pas rendre justice à la stabilité de ses embarcations...

Je me félicitai de ce que mes côtes fussent en voie de guérison, car sans cela le voyage eût été une torture. Après trois cent douze kilomètres de souffrance, nous atteignîmes Nouméa.

Je calculai que je n'avais pas vu la capitale depuis trois ans. La maison des Léger donnait sur la baie de la Moselle, juste en face du port de plaisance. Les bateaux à l'ancrage n'avaient pas leur équivalent aux alentours d'Oundjo. Se balançaient là des yatchs immenses, des boston-whalers au cockpit de Plexiglas bien astiqué, des voiliers à un, deux ou trois mâts, des vedettes au moteur gonflé. Je regrettais que Yamel ne nous ait pas accompagnés. Il eût été aussi curieux que moi d'approcher cette flottille et d'en comparer les mérites. Céline s'extasia plus particulièrement devant un trois-mâts à pont plat, dont je trouvais quant à moi que les couleurs criardes qu'il affichait lui faisaient perdre beaucoup de sa dignité.

Mon père demanda timidement s'il ne fallait pas sonner à la porte de la maison Léger. C'est qu'une fois sorti de la brousse, et particulièrement des limites de notre ranch, il perdait une partie de ses moyens.

La ville le rendait nerveux ; il n'était pas sur son terrain. Ma mère était beaucoup plus sûre d'elle.
— Je pense qu'il faut sonner, dit-elle, pleine de malice. Nous n'aurons jamais la place de nous glisser sous la porte. D'ailleurs, ça ferait mauvais effet.
Une gargouille menaçante tirait une langue amovible, munie d'un anneau à son extrémité. Céline me disputa le plaisir d'actionner cette sonnette originale et eut gain de cause. Je ne voulais pas qu'on me taxe d'infantilisme.
Un jeune homme vêtu de blanc nous ouvrit la porte. Il pouvait avoir vingt-cinq ans, mais la moue autoritaire qu'il affichait lui donnait un air juvénile, alors qu'il recherchait sans doute l'effet opposé.
— Bonjour monsieur. C'est... la famille Séran ! dit mon père.
Le jeune homme s'effaça pour nous laisser entrer. Il glissa un œil expert sur nos sacs de voyage.
— Je suppose qu'il reste des bagages dans votre véhicule. Voulez-vous que j'aille les chercher ?
— Tout est là, répliqua ma mère, qui, tout comme nous, admirait l'entrée de la maison Léger.
Si nous leur avions souvent rendu visite dans leur villa rose, près d'Oundjo, c'était la première fois que nous voyions leur résidence, à la « capitale ». Elsie et Dora se laissèrent tomber dans une sorte de petit ca-

napé aux formes tortueuses, qui émit un craquement sinistre sous le poids de nos deux grands-mères.

— Je crains que la bergère ne soit un peu fragile, s'empressa le jeune homme. Vous serez beaucoup mieux dans la salle de séjour. Si vous voulez bien me suivre...

Les plafonds s'élevaient à quatre mètres de hauteur, et ça faisait un effet curieux, quand on était habitué aux farés, et à notre vieille maison de plain-pied. Mais nous n'étions pas au bout de nos surprises. Si la villa rose contenait un poste de télévision, et des gadgets en tout genre qui plaisaient tant à Céline, il y avait dans cette maison de Nouméa plus de confort — de luxe — que je n'en imaginais dans une demeure d'Hollywood. Le jeune homme nous conduisit ensuite à l'étage — où se trouvaient les chambres, chacune possédant une salle de bains attenante — et dit qu'il était à notre service si nous avions besoin de quoi que ce soit. La cuisinière, ajouta-t-il, préparait le dîner qui nous serait servi dans une heure.

Je tournais en rond au milieu d'une chambre gigantesque et m'amusais avec les boutons de commande électrique qui faisaient jouer les volets métalliques de la fenêtre ou mettaient en marche le ventilateur du plafond, quand Céline est entrée, trempée, nue, échevelée, et trépignante :

— Yann, viens vite ! Viiite !

Je la suivis en courant. À peu de choses près, sa chambre ressemblait à la mienne. Mais une nappe d'eau imprégnait la moquette épaisse, coulant depuis la salle de bains contiguë.

— J'ai voulu prendre une douche, regarde-moi ça !

Sur le carrelage de la salle de bains s'étendait une flaque impressionnante. La baignoire était entourée, dans sa partie haute et sur les murs qui la surplombaient, d'une série de picots nickelés percés d'un trou.

— Je te montre une seconde.

Céline ouvrit un robinet, et les picots nous crachèrent au visage des jets d'eau sous pression.

Ma sœur tourna le robinet, désigna le désastre et s'enquit :

— Mais comment elle se lave, Anne-Dorothée ?

Je remarquai alors une espèce de porte coulissante, que j'avais prise pour un élément décoratif, et qui servait à rendre étanche le compartiment de la baignoire.

— Voilà le truc ! Prends ta douche, moi, j'éponge...

Nous rejoignîmes Elsie, Dora et nos parents sur le palier.

— Vous vous êtes lavés ? s'enquit mon père avec angoisse.

Je me dis qu'il avait dû subir la même avanie, et lui soufflai :
— Oui... Pschiiit !
Il pouffa, et chuchota :
— N'empêche, l'administration, ça a du bon ! Il faudra que je demande à Léger s'il n'a pas besoin d'un associé !

Pour nous faire plaisir, nos hôtes avaient demandé à ce qu'on serve des plats de la métropole. Mon père émit des réserves sur la qualité du veau qui avait servi à la confection de la blanquette.
— C'est de la viande qui a trop couru. Mais la sauce est bonne ! ajouta-t-il à intelligible voix.
Le jeune homme qui faisait le service poussa les hauts cris quand ma mère, Elsie et Dora voulurent l'aider à débarrasser.

Nous nous installâmes devant la télévision. Cela me fit penser que nous n'avions le téléphone et l'électricité que depuis cinq ans, au ranch, et que jusqu'alors nous nous éclairions avec des lampes à pétrole... pendant qu'à Nouméa, les Léger vivaient comme des princes des *Mille et Une Nuits*. J'aurais pu être jaloux, mais j'étais assez grand pour comprendre que je me serais vite lassé de ce luxe crétin. Il n'y a rien de mieux que la nature. Elle ne vous déçoit jamais ; si Yamel avait été là, je crois que nous aurions bien rigolé. Céline, trop petite et peut-être un peu frivole, nageait dans le bonheur.

J'eus du mal à m'endormir, dans ce grand lit trop mou, et la position inconfortable me rappela que mes côtes n'étaient pas aussi solides que je l'avais imaginé. Je me levai, fouillai dans un grand placard qui marquait un des coins de la chambre, y trouvai une couverture que je pliai avant de la poser sur la moquette. Sur ce matelas improvisé, j'arrangeai mes draps. J'étais plus à l'aise, maintenant, mais ne réussissais toujours pas à trouver le sommeil. Au-dessus de moi, le ventilateur brassait — vloup, vloup, vloup, vloup — l'air poisseux de la nuit.

Je me relevai, enfilai mon short et sortis de la chambre. En descendant les escaliers, j'entendis du bruit... Le jeune homme à la moue autoritaire était

assis devant la télévision qui diffusait un programme de boxe. Il sursauta quand il me vit, et je devinai qu'il hésitait à partir.
— Qu'est-ce que c'est ? demandai-je en désignant l'écran.
— Championnat du monde WBC, super-légers... Vous désirez boire quelque chose ?
— Vous savez, répliquai-je, je n'ai que douze ans. Ça me fait bizarre, quand vous me vouvoyez.
Il se tut et affecta de s'intéresser au match. Un KO mit fin au suspens ; le jeune homme se leva, s'étira et dit :
— Moi, je vais prendre un jus d'ananas. Tu es sûr que tu n'en veux pas ?
Tandis que nous buvions, il se dégela un peu. J'appris qu'il se nommait Éric, qu'il était métis — de père canaque et de mère caldoche — et qu'il habitait en brousse autrefois, au nord de Bouloupari.
— Tu vois, dit-il, rêveur, je pensais qu'en montant à la capitale, ce serait mieux que chez nous. Et me voilà...
— La ville, c'est bien pour ceux qui ont de l'argent, et puis il faut aimer le béton, pas vrai ?
Il pointa son index sur moi, but une gorgée de jus glacé.
— Tout à fait. Je vois que tu n'es pas idiot pour un petit broussard. Moi, à ton âge... Enfin. Ce n'est pas

que les Léger soient méchants, non, mais je m'ennuie terrible... J'aurais pu rester chez moi, s'il y avait du travail.

Je lui dis que nous aurions sans doute besoin de quelqu'un au ranch, l'année prochaine.

— Espérons que le poken sera parti, ajoutai-je pour moi-même.

Je souhaitai bonne nuit à Éric et remontai dans ma chambre.

J'ai honte de l'avouer, mais la chose la plus épouvantable, au moment de l'enterrement, ne fut pas le chagrin que j'éprouvais à voir grand-père s'en aller pour toujours. Le plus affreux, ce fut d'avoir à supporter les vêtements adéquats... Nous dûmes enfiler les lourds tissus sombres, alors que la chaleur était à son comble. Les larmes se mêlant à la transpiration, notre cortège fut bientôt constitué d'une sorte de tribu de bonshommes misérables fondant au soleil. Jusque dans l'église, des diablotins semblaient s'être donné la main pour souffler sous nos cols de chemises leur haleine torride.

Le retour chez les Léger donna lieu à un strip-tease express qui fit ressembler l'entrée de la somptueuse maison à un dépôt-vente de fripes éparses.

Je rappelai à Éric, devant mon père, qu'il y aurait pour lui une place au ranch.

— Il faut quelqu'un pour s'occuper des écuries, à demeure, dit mon père. Si ça vous tente... Évidemment, l'ambiance n'est pas tout à fait la même qu'ici. On se baigne dans un baquet en bois, nous.
Je sentis qu'il se retenait d'ajouter : « ... Comme des gens normaux. »
Éric nous aida à charger nos sacs dans la camionnette, et nous prîmes le chemin de notre bonne vieille brousse. Nous étions tous un peu moroses ; la perspective de vivre sans entendre les « saleté de goutte » était curieusement déprimante. Cependant, à mesure que chaque tour de roues nous rapprochait de la maison, une inquiétude nouvelle m'envahit. Et Yamel ? Et Gueule de papaye ? Que s'était-il passé en notre absence ? Quand nous nous arrêtâmes devant notre antique bâtisse de torchis, je fus le premier à sauter à terre. Je poussai la porte d'entrée, appelai, mais personne ne répondit.

9

J'AI FURETÉ, tandis que les autres déchargeaient les bagages. Dora criait :
— Youhou ! Donald ! C'est moi !
Dans la chambre de Georges et Elsie, un drôle de spectacle m'a retenu : la quasi-totalité du parquet était arraché ; les planches de bois clair, brisées, étaient entassées sur le lit dans lequel j'avais vu pour la dernière fois mon grand-père mort. Une masse, dont nous nous servions habituellement pour enfoncer les piquets des clôtures, et une pioche étaient encore posées le long du mur. J'ai appelé la famille à grands cris.
— Le poken, où il est, ce nom de Dieu de poken ? a dit mon père, en découvrant le champ de fouilles.
— Sébastien !
Dora, rouge et balbutiante, une lueur de défi dans la prunelle, toisait son fils.

— Personne ne sait si c'est Donald qui a fait une chose pareille. Il n'est pas là pour se défendre. En attendant, je te demande de ne pas jurer comme un malpropre.

Céline m'a tapoté le dos et m'a montré une sandalette, sur le sol près du lit. Je l'ai ramassée ; pas de doute, elle appartenait à Yamel.

Je suis sorti de la maison, j'ai encore crié pour appeler mon ami. Rien. À l'écurie, j'ai détaché Spitz, un alezan dont je savais qu'il était le plus rapide de nos chevaux, et j'ai sauté dessus, à cru. J'ai galopé jusqu'à Oundjo. Le trou dans ma fesse provoquait de violentes décharges électriques, et j'avais l'impression que mes côtes se recassaient, mais je n'étais obnubilé que par une question : qu'était-il arrivé à Yamel ?

Quand j'arrivai à Oundjo, la tribu était en pleine effervescence. Yéwéné, le cousin de Yamel, bondit littéralement sur moi, et se lança dans un discours incompréhensible, en me secouant le bras comme un levier de pompe à eau.

Je me dégageai pour courir jusqu'au faré de Djubelly. Ce dernier était assis au chevet de Yamel, qui avait la tête entourée de bandages.

Je me précipitai ; Djubelly m'arrêta, posant le plat de la main sur ma poitrine.

— Casse pas la tête. Il est bien, mais ne va pas crier ou le secouer.

Yamel se releva sur un coude et fit un geste désinvolte.

— Ça va, Yann. Si mon père me laissait, je serais déjà debout.

— Ah, oui ! dit Djubelly. Qu'il te prenne l'idée de faire une chose pareille, et je te casse une bouteille carrée[1] sur le crâne, pour finir. Mauvais fils.

— Tu as vu un médecin ? demandai-je à mon ami.

— Le docteur Manessier est parti il y a dix minutes. Il a dit que je n'ai rien. Une grosse bosse, et une coupure superficielle au cuir chevelu.

— C'est Gueule de papaye ?

---

1. *Bouteille carrée :* bouteille de whisky.

— Il m'a mis un fin coup de pioche sur le crâne. J'ai eu de la chance, le fer a glissé.

— Mais pourquoi ? Et qu'est-ce qu'il a fait, avec le plancher de la chambre de Georges ?

— Ça… J'en sais rien. Je te raconte : cette nuit, je marche jusqu'au ranch, comme on avait dit…

Djubelly se racla la gorge et nous fixa aussi sévèrement qu'il en était capable ; il resta cependant silencieux.

— Il était peut-être minuit, minuit et demi, et j'entends des craquements et les grognements du poken. Je fais le tour de la maison pour voir par une fenêtre, mais le vieux filou a fermé les volets. Et il y a de plus en plus de craquements, le poken pousse des « han », des « hao » et grogne des insultes en anglais. J'hésite à m'en aller ou à essayer d'entrer, quand tout à coup, plus un bruit. Awa, il m'avait entendu dehors, je suis sûr. En tout cas, il ouvre la porte, sort sous la véranda, tout transpirant et aussi rouge que le Homard après un bain de soleil. « How ? C'est notre jeune ami ? » il me dit. « Entrez, je vais vous montrer une machin surprenante. » Et moi, comme un imbécile, je le suis dans la maison. À un moment, il s'efface pour me laisser passer dans une pièce. Je me retourne juste à temps pour le voir, une pioche à la main, levée au-dessus de sa tête. Et paf…

— T'as eu de la chance.
— Tu peux le dire, rétorqua-t-il en massant son turban de maharadjah. Tu sais que le docteur Manessier a dit que si ça continuait, on pourrait ouvrir une clinique spéciale, rien qu'à l'usage du ranch Séran ?
Je lui demandai comment il s'était finalement retrouvé à Oundjo.
Son père, inquiet de ne pas le voir au petit matin, était monté au ranch ; il avait trouvé Yamel à moitié assommé et avait appelé, grâce à notre téléphone, le docteur Manessier qui était heureusement encore chez lui à cette heure matinale. Le médecin avait transporté le blessé et Djubelly jusqu'au village. Une fois rassuré quant à l'état de Yamel, il était parti prévenir la gendarmerie de Voh, puis avait essayé de nous joindre à Nouméa. Mais nous étions déjà sur la route...
— Et le poken ?
Djubelly serra les poings.
— La tribu le retrouvera avant les gendarmes. Et je te garantis qu'il passera un mauvais moment.
— Mais il est déjà loin, sans doute...
Yamel ricana.
— Ça m'étonnerait. Il est parti avec sa Jeep, mais tu as vu comment il conduit... Il devait être pressé, ou quoi... Bref, on a retrouvé la voiture dans un fossé,

l'avant encastré dans un tamanou, à un kilomètre du ranch, sur la route en direction de Nouméa ! Notre poken doit se balader à pied, il ne peut pas faire du pouce non plus...

— Tout ça s'est passé cette nuit, et nous sommes en fin de journée, dis-je, réfléchissant. Il peut avoir fait du chemin, même à pied.

— Tous les hommes de la tribu qui ne sont pas au travail en ville le cherchent, répondit Djubelly. Et les gendarmes sillonnent le trajet entre votre ranch et Nouméa, puisque c'est là sans doute qu'il voulait aller. Pour prendre l'avion, je pense. Il est fichu : les aéroports sont prévenus, il ne pourra pas décoller du Caillou[1].

Je rentrai lentement chez moi, rassuré quant à l'état de Yamel, mais perplexe. Qu'est-ce que ce poken avait en tête, pour s'acharner sur le plancher ? Et qui vaille la peine de se mettre dans le pétrin incroyable où il était maintenant plongé ?

Au ranch, Marco, François et Jean-Claude parlaient avec mon père. Je les interrompis, pour raconter ce que nos amis canaques m'avaient appris.

— Comme je vous disais, continua Marco, on est

1. *Le Caillou* : terme utilisé pour désigner l'île principale de Nouvelle-Calédonie.

venus travailler ce matin, à l'heure normale. On a frappé, personne. On s'est dit que le pok... que M. Moore était parti faire un tour, puisque sa voiture n'était plus là. Ah, on a aussi nourri les chiens qui avaient l'air d'avoir faim... On leur a donné les abats d'un cerf sambur que j'ai tiré hier et que j'avais sur le plateau de mon pick-up.

— C'est ce salopard qui devait s'en occuper, gronda mon père.

Dora, toute petite, appuyée à la rambarde de la véranda derrière son fils, restait silencieuse. Elle tremblotait, et j'eus du chagrin en imaginant la confusion de ses sentiments, le trouble de ses pensées. Il était trop tard pour que nous nous mettions à la recherche de Donald Moore. La nuit tomberait bientôt, et le voyage avait été fatigant. Nous sommes revenus nous pencher sur le trou que le poken avait creusé dans la chambre, et ma mère a remarqué un détail qui nous avait échappé, dans le désordre des heures précédentes.

— Regardez, a-t-elle dit. On voit nettement la trace d'une petite caisse ou d'une boîte, là, dans la terre sous le plancher.

Effectivement, il restait même un fragment de bois, qui n'était pas aussi clair que celui des planches du parquet. Dora a ramassé le morceau, de la taille d'une

réglette d'écolier, et l'a approché de ses yeux mouillés.
— C'est idiot. Je reconnais ça. Vous voyez, cette vis avec une tête ronde en cuivre martelé. On n'en trouve plus depuis au moins quarante ans. C'était sur les boîtes de café — *« le café calédonien, le meilleur du monde »*. Mes parents en achetaient, autant pour son goût que parce que les boîtes étaient solides et jolies.
— Donc, grand-mère, a demandé Céline, ton ami aurait arraché le parquet pour trouver une simple boîte de café ?
J'ai pris le bout de bois et l'ai retourné entre mes mains.
— Ce n'est pas le récipient qui est important, mais ce qu'il y avait à l'intérieur...
Pendant le dîner, que nous avons rapidement expédié, tout le monde se creusait la cervelle pour deviner le contenu de la boîte de café. Front plissé, gestes distraits, nous étions tout à ce mystère quand une voiture s'est arrêtée devant la maison. On a frappé à la porte. Mon père s'est levé, a pris la carabine Manufrance dans le râtelier près de l'entrée et a ouvert. Deux gendarmes étaient là, qui ont louché sur la bouche de la carabine. Mon père a baissé son arme et les a invités à entrer. Ils ont demandé à voir les dégâts, puis ont hoché la tête, sceptiques, quand nous leur avons montré le débris de bois.

— Moore est activement recherché, a dit l'un d'eux. Il est entendu que vous nous préviendrez si vous avez du nouveau ?
Nous avons acquiescé en chœur et, sans accepter le verre que leur offrait mon père, ils sont partis.
— Mais enfin, a gémi Dora, pourquoi a-t-il attendu cinquante ans pour revenir ? Et qu'est-ce que c'est que cette histoire de boîte ?
Même grand-mère, alors, n'avait pas cru Donald Moore et son histoire d'amnésie. Elle avait fait semblant, parce qu'elle était si heureuse de le revoir... Et comme nous, elle se demandait ce qui, pendant si longtemps, était resté caché sous nos pieds.

10

Céline et moi nous réveillâmes avant l'heure habituelle. Je suppose que c'était dû à l'énervement.

— On reprend l'école dans trois jours, me dit ma sœur, lugubre, tandis que maman nous tendait le pain pour les tartines.

— N'en rajoute pas. Tu as vu la tête qu'ils font, tous ?

Maman et Elsie pleuraient la mort de Georges ; Dora, effondrée, n'avait pas dû fermer l'œil et se torturait pour comprendre le comportement de son poken.

Mon père, d'une humeur massacrante, but son café d'un trait et s'en fut en disant qu'il y avait assez de travail avec le stock sans qu'il doive en plus jouer les menuisiers et réparer le parquet.

Nous partîmes pour Oundjo, laissant Saucisson à l'écurie. Ni Céline ni moi n'avions le cœur de nous amuser avec le vieux cheval.

Yamel aidait son père à bricoler un balancier de pirogue.

— Belle équipe ! railla Djubelly. Et toi, Céline, tu n'as pas un petit pansement à nous montrer ?

Ma sœur embrassa Yamel sur les deux joues et, avec précaution, sur son turban. Je trouvai ça un peu ridicule, mais Yamel eut l'air d'apprécier...

— Toujours rien ? demandai-je.

— Toujours rien. Mais je suis tranquille, on finira par l'avoir, dit Djubelly.

Nous nous assîmes pour regarder travailler Yamel et son père, qui fixaient le balancier au corps de la pirogue à l'aide de longues tiges de bois. C'est sans doute ce spectacle qui produisit l'étincelle.

— Je sais ce que va faire le poken ! m'écriai-je. Comme il n'est pas inconscient, il n'essaiera même pas d'approcher un aéroport. Il ne peut prendre un avion sans montrer ses papiers. Et s'il en avait des faux, son signalement a été donné partout.

— Il pourrait se déguiser, suggéra Céline.

Je haussai les épaules.

— Non. Il n'y a pas deux solutions pour lui : nous sommes sur une île. Quel moyen de la quitter, à part l'avion ?

— Le bateau ! s'exclama Yamel. Il va voler un bateau, ou en acheter un plus loin sur la côte !

— Et aller jusqu'en Australie ? demanda Céline en sautant sur ses pieds.

— Ça fait un peu loin, ironisa Yamel. Il y a au moins mille cinq cents kilomètres, sud-ouest, jusqu'à Maryborough ou Brisbane. Moi, je crois plutôt qu'il va essayer de rejoindre Efate, vers le nord, aux Nouvelles-Hébrides. Cinq cents kilomètres, la mer est calme en ce moment. S'il sait lire une carte marine et utiliser un compas, ce ne sera pas sorcier. Avec un bon moteur...

— Ne me dis pas qu'il est déjà parti ! criai-je, alarmé.

Djubelly reposa le balancier.

— Voilà. On ne touche plus à rien. Je terminerai le travail cet après-midi.

Il essuya sur son short ses paumes pleines de sciure.

— Ce n'est pas bête, votre idée. Mais je crois que notre poken est toujours sur le Caillou. Je parierais qu'il s'est caché, pendant toute la journée d'hier. S'il s'était trop promené, les gendarmes ou les hommes d'Oundjo auraient mis la main sur lui.

— Il devait penser qu'il aurait tout le temps de prendre l'avion avant notre retour de la ville, dis-je. Mais la venue de Yamel a fichu ses plans par terre. Les gendarmes ont retrouvé la plupart de ses bagages dans la voiture accidentée, il n'a même pas pu les emporter.

— Maintenant, continua Djubelly, son problème, c'est les vivres. À des dizaines de kilomètres à la ronde, tout le monde est au courant. Il ne peut s'approvisionner nulle part...

— Et il ne fera pas deux cents kilomètres à pied pour acheter un bateau à un endroit de la côte où il n'est pas signalé, repris-je. Encore une fois, la seule solution pour lui, c'est de voler une embarcation pas loin.

Yamel dessina sur le sable, avec une baguette de cerisier bleu, le relief de notre côte.

— Il faut astiquer, si on veut le retrouver... Si j'étais Gueule de papaye, où est-ce que j'irais ?

— Nous cherchons un endroit où il y a un bateau à moteur, assez grand pour la haute mer... Mais lui connaît mal la région, puisqu'il n'est pas venu ici depuis cinquan... Non ! Souviens-toi ! Dora lui a montré la côte, il y a quelques jours !

— Vous savez, dit Céline avec raison, nous ne pourrons pas être en même temps dans tous les endroits où il y a un grand bateau à moteur. Les gendarmes ou les hommes d'Oundjo ont beaucoup plus de chances de rencontrer le poken. Il faut attendre, et puis voilà.

J'enrageai :

— Attendre ! Alors que cette crapule est peut-être déjà en mer ! Et nous ne saurons jamais ce qu'il a déterré dans la chambre d'Elsie et Georges !

— Céline a raison, soupira Yamel. C'est terrible, mais c'est comme ça.

Nous avons passé une partie de l'après-midi à aider à la construction de la pirogue. Moitié bois de fer, moitié cerisier bleu, elle était magnifique. Djubelly nous a dit fièrement qu'elle serait la plus belle qu'il ait jamais construite.

— Fin février, je l'aurai finie. Juste à temps pour la fête de l'igname[1].

Il s'est rembruni avant d'ajouter :

— Tout ça ne me rapporte plus un sou. Même si j'apprends le métier à mon fils, il devra faire autre chose pour gagner sa vie. C'est pareil partout. On ne construit plus de farés, non plus. Regardez, le frère de

1. *Igname :* plante tubercule, sacrée chez les Canaques, et dont la culture est entourée d'un rituel précis.

Nidoish vient de bâtir une saleté avec des parpaings et de la tôle ondulée. Et les jeunes ne veulent plus respecter la coutume...
— Casse pas la tête, a dit Yamel, quand j'aurai l'âge, tu verras si je ne me construirai pas un faré ! Et j'irai vendre nos pirogues jusqu'au Japon, s'il faut !
Céline et moi avons décidé de revenir au ranch. Peut-être y aurait-il là-bas des nouvelles fraîches concernant la gueule de papaye...
Un colibri a attiré l'attention de ma sœur alors que nous nous trouvions à mi-chemin. Il était splendide. Ses petites ailes battaient à la vitesse de celles des insectes, et il trempait son bec étroit en forme de flûte dans la corolle des fleurs.
Nous n'avons pas essayé de l'attraper, parce que c'eût été prendre le risque de le blesser. Il nous a entraînés loin de la piste, de son vol incertain et tourbillonnant, puis il a disparu dans un bosquet.
Nous avons soudain entendu des exclamations lointaines, suivies d'un hurlement qui m'a fait dresser les cheveux sur la tête. Céline s'est agrippée instinctivement à mon bras, et j'ai pris une voix assurée pour demander :
— Qu'est-ce qui se passe, là-bas ?
Nous n'étions pas trop pressés d'aller voir. Mais la curiosité l'emportant sur la trouille, nous nous sommes

approchés. Les vociférations ont repris. Cela venait de derrière un gros banian ; faisant un arc de cercle qui nous amènerait assez loin de l'arbre, nous l'avons contourné. Les deux gendarmes qui étaient passés au ranch tentaient de maintenir à terre Gueule de papaye, qui, les yeux exorbités, la bave aux lèvres, se démenait.

Malgré son âge, et bien que les gendarmes fussent beaucoup plus lourds que lui, il les projetait comme s'il se fut agi d'enfants. Nous sommes restés, bras ballants, à contempler cette scène stupéfiante.

— Regarde, m'a dit Céline. Il tient quelque chose contre lui.

De fait, lorsque j'ai pu entrevoir le corps du poken, j'ai remarqué qu'il ne se défendait qu'avec un bras. L'autre maintenait un paquet sur sa poitrine.

La rixe a duré quelques secondes encore, puis Gueule de papaye a réussi à se relever, à échapper aux gendarmes et à partir en courant droit devant lui.

Il n'est pas allé loin ; à peine ses adversaires avaient-ils eu le temps de se lancer à sa poursuite qu'il a vacillé, trébuché dans les herbes hautes et s'est étalé à plat ventre. Céline, les gendarmes et moi l'avons rejoint. Il s'était évanoui.

— C'est bien lui ? a demandé un des deux hommes en uniforme, pendant que son collègue mettait les menottes au poken.

Nous avons secoué la tête, et Céline a demandé, navrée :

— C'est vraiment nécessaire de lui attacher les mains ?

Le gendarme a glissé la clé des menottes dans sa poche.

— Qu'est-ce que tu crois, petite ? Il est fort comme un turc, ce type-là. Si tu veux mon avis, il est cinglé, aussi.

— Où l'avez-vous trouvé ? ai-je demandé.

— Tu vois le groupe de fougères arborescentes[1], là, à cent mètres ? Mon collègue et moi, nous étions descendus de voiture pour chercher un peu dans ce coin. On l'a entendu qui marmonnait, tout seul au milieu des fougères. Il berçait un truc dans ses bras. D'ailleurs...

---

1. *Fougères arborescentes :* fougères géantes, qui peuvent atteindre vingt-cinq mètres ; celles de Nouvelle-Calédonie sont les plus grandes du monde.

Le gendarme s'est accroupi au milieu des herbes et a farfouillé ; Céline lui a touché l'épaule et lui a tendu une boîte vermoulue :

— Je l'ai ramassée. C'est ce que vous cherchez ?

Sur une des faces de la boîte, on lisait encore, gravé au feu : « *Café... Nouvelle-Calédonie* ».

— C'est pour ça qu'il est venu creuser chez nous, a dit Céline.

— C'est une pièce à conviction. On verra ce que dira l'enquête, a répliqué un gendarme.

Nous les avons aidés à porter Gueule de papaye jusqu'à leur voiture. Ses vêtements étaient déchirés, un énorme hématome faisait tache au milieu de son front. Les gendarmes nous ont expliqué qu'ils l'emmenaient à l'infirmerie de Voh, et que nous aurions des nouvelles bientôt.

Le 4X4 était sur le point de démarrer lorsque Céline a supplié :

— S'il vous plaît, montrez-nous ce qu'il y a dans la boîte...

Nous savions que les deux hommes étaient aussi curieux que nous de connaître son contenu. Allaient-ils céder à l'égoïsme et ne l'ouvrir qu'une fois qu'ils seraient loin ?

— Bof, allez, y a pas de raison, a dit celui qui tenait l'objet mystérieux sur ses genoux.

Il a soulevé le couvercle, dont un fragment pourri s'est détaché. Au fond de la boîte se trouvait un petit tas de boules noirâtres, qui ressemblaient à des crottes de lapin. Rien d'autre. Le gendarme a déclaré, d'une voix neutre, qu'on allait analyser ces boules.
Nous sommes revenus à la maison, déçus et mal à l'aise. La famille, dans son ensemble, a émis les suppositions les plus farfelues concernant le contenu de la boîte. Seule Dora restait muette.
— Il a eu le temps d'enterrer plus loin ce qu'il y avait de précieux à l'intérieur, a dit mon père.
Nous sommes restés sur cette impression, et, en fin de soirée, alors que nous allions nous coucher, Claude Léger est venu nous rendre visite.
— Si je me permets de vous déranger à cette heure tardive, chers amis, c'est que j'ai des nouvelles de M. Moore.
Il tordait compulsivement le bord de son très chic chapeau de paille ; lui, que nous voyions d'habitude si désinvolte, avait du mal à garder une contenance. Il a tourné vers Dora une figure compatissante, puis a continué :
— Moore est devenu fou. On pense que c'est l'accident de voiture, son front ayant porté contre le tronc d'arbre. Il est maintenant amnésique et totalement incohérent.

Les épaules de Dora se sont courbées un peu plus :
— J'irai le voir, dès que ce sera possible.
Mais Claude Léger avait autre chose à nous dire.
— Il y a également... Ma position m'a permis de prendre quelques renseignements rapides sur Moore. Peut-être cela serait-il susceptible de vous intéresser ?...
Elsie et maman sont allées préparer une tisane, nous nous sommes installés au salon et Léger nous a raconté ce qu'il avait appris.
— En 1942, Donald Moore est arrivé sur l'île, avec son bataillon de *Marines*[1]. Il avait dix-huit ans et venait de s'engager. Il a été affecté à la cantine de la base et y est resté comme serveur jusqu'à son rapatriement aux États-Unis.
— Mais non ! Il était pilote ! s'est insurgée Dora.
— Je crains qu'il ne vous ait dit ça pour... afficher plus de prestige. Enfin. En 1944, on l'a renvoyé aux États-Unis avec son bataillon, de manière subite, pour je ne sais quelle raison obscure dont l'armée a le secret. C'est là que les choses se corsent pour notre ami. À peine un mois après son arrivée en Amérique, alors qu'il est toujours à l'armée, il tente un hold-up dans une station-service proche de sa caserne. Il est arrêté, puis condamné à une courte peine. Six mois, je

1. *Marines* : corps d'élite de l'armée américaine.

crois. Parce qu'il est jeune, sans doute — à l'époque, il n'a que vingt ans —, et probablement parce que le juge prend en compte le fait qu'il s'est engagé dans les Marines. Il purge donc ses six mois, mais quelques jours après sa sortie de prison, il tente un nouveau hold-up. Cette fois-ci, ça se passe très mal. Les policiers arrivent alors qu'il est dans une banque, pistolet au poing. Il prend le directeur en otage. On ne m'a pas dit ce qui s'était exactement passé, mais le directeur a été tué. Moore a été condamné à mort ; encore une fois, son passé dans les *Marines* a joué pour lui, et sa peine a été commuée en une réclusion criminelle à perpétuité. Il a passé quarante-neuf ans derrière les barreaux de la prison de Houston, au Texas. À la suite d'une amnistie, on a fini par le libérer. Ensuite, il a travaillé... Fait le ménage chez un gardien qui l'avait pris en pitié et qui lui donnait de menues tâches à effectuer à son domicile. Pendant des mois, Moore a mis de côté pour payer le billet qui lui permettrait de revenir ici, et il est arrivé chez nous il y a quelques jours... Voilà ce que je sais.

— Comment avez-vous appris tout ça ? a demandé Dora, hostile.

— J'ai travaillé un temps au ministère des Affaires étrangères, à Paris, et j'y ai gardé des contacts. Ils ont été assez bons pour me renseigner sans trop tarder.

Mon père s'est levé, posant lourdement ses mains sur ses cuisses. Il donnait l'impression d'être très fatigué.
— Nous ne savons toujours pas ce qu'il y avait dans cette boîte qui vaille la peine de tant de drames. Et pourtant, Donald Moore est revenu pour ça, au bout de cinquante et un ans...
Il s'est interrompu, s'est tourné vers sa mère et lui a dit :
— Je suis désolé, maman, je suis vraiment désolé.
Elle est sortie du salon en se cognant au chambranle de la porte.

11

À FORCE DE TEMPS, la tête de Yamel ainsi que mes côtes ont guéri. Nous fûmes sur pied pour reprendre les cours... Cependant, les bandages que nous gardâmes le plus longtemps possible rappelaient à nos camarades les aventures que nous venions de vivre ; et nous fûmes des héros quelques jours, avant que la vie quotidienne n'affadisse nos exploits. Dora rendit très souvent visite au poken, tant qu'il demeura à l'infirmerie de Voh. Le vieil homme avait vraiment perdu la tête ; il restait prostré dans une chambre et personne ne put le faire sortir de son mutisme. Un jour, Dora nous dit qu'il avait été transféré à Nouméa, où des médecins spécialisés espéraient pouvoir faire quelque chose pour lui. Je pensai à l'accumulation de catastrophes que le poken avait provoquées autour de sa personne, et qu'il avait subies par la même occasion. Il y a des gens qui, s'ils ne sont pas

des anges, ne méritent tout de même pas une telle malchance. Nous attendions le résultat des analyses de la gendarmerie quant au contenu de la boîte de café.
Un dimanche, nous travaillions au potager, nos deux grands-mères, Céline, Yamel et moi, quand un petit homme rondouillard est arrivé devant le ranch, juché sur un vélo trop grand pour lui. Il avait le teint très pâle et les yeux rouges d'un lapin albinos.
Tandis que nous le dévisagions, il a mis pied à terre, manquant se casser la figure, et a demandé :
— Famille Séran, je crois ? Est-ce que madame Dora est parmi vous ?
Il lui a tendu une lettre froissée, et un petit paquet enveloppé d'un papier de soie vert clair.
Yamel m'a pris à part.
— Awa, tu as entendu ? Il a le même accent que Gueule de papaye !
— J'ai beaucoup roulé, a soupiré le petit homme. Oserais-je vous demander un verre d'eau ?
Elsie et Dora l'ont invité à entrer.
Pendant un temps qui nous a paru trop long, il n'a pas parlé. Assis sur l'extrême bord d'un fauteuil, raide et emprunté, mains posées sur les genoux, il paraissait se concentrer. Tout à coup, il a lâché :
— M. Moore est mort.
Dora a laissé tomber le plateau qu'elle s'apprêtait à

poser sur la table du salon. Le petit homme rondouillard a poursuivi, sans se troubler :

— Il avait recouvré ses esprits, il y a de ça une semaine. Nous avons sympathisé, parce que nous sommes du même coin, Nevada, aux *States*. Mais ce n'est pas important. Moi, j'étais à l'hôpital parce que quand je travaillais dans la mine de Gomen, un bâton de dynamite a explosé près de mon oreille et... ce n'est pas important non plus. En même temps que Donald retrouvait la mémoire, il a attrapé un méchant virus, un genre de grippe très forte. Comme il était beaucoup affaibli par... ses péripéties ici, les médecins lui ont fait comprendre qu'il risquait de mourir. En fait, il a juste eu le temps d'écrire cette lettre et de me donner ce paquet.

Il s'est levé, après avoir bu une bière d'une lampée.

— Je dois repartir, pour prendre un car à Voh. Savez-vous que je suis venu dans votre ranch avant même de passer chez moi, après un mois d'hôpital ? J'habite à Bourail, de l'autre côté du Caillou. Le préposé aux cars de Voh a eu la gentillesse de me prêter son vélo, pour que je puisse arriver ici. Mais une promesse est une promesse. Donald tenait à ce que je passe dans votre ranch aussi vite que possible. Au revoir.

Il est sorti, à pas menus mais rapides. Tandis qu'il enfourchait sa monture, il a ajouté :

— Donald désirait être enterré sur l'île, mais les autorités n'ont pas voulu. Problèmes administratifs. Son corps a été renvoyé aux *States,* bien qu'il n'ait aucune famille là-bas.

Nous avons vu s'éloigner le petit homme sur la piste, et il a disparu enfin derrière le massif d'acacias.

— Il ne nous a même pas dit son nom, a constaté Yamel.

Lorsque nous sommes revenus à la maison, Dora s'était enfermée dans sa chambre. Personne, bien entendu, n'a osé lui demander ce que disait la lettre ni quel était le contenu du paquet.

Pendant des semaines, nous nous sommes interrogés. Un jour que j'étais parti avec mon père pour parquer des bêtes dans le stockyard, il m'a raconté ce que sa mère avait bien voulu lui dire.

— Le poken servait à la cantine de sa base. Il a pu mettre la main sur de l'argent destiné à son bataillon. Il y en avait pour cent mille dollars. Je crois, mais le poken ne l'a pas expliqué vraiment dans la lettre, qu'il avait forcé le coffre de la base. Dans un port, il a converti tout cet argent en perles fines de fort grain, c'est-à-dire assez grosses pour être très chères. Puis il est venu chez nous, comme il le faisait depuis des mois, et a placé les perles dans une boîte à café qu'il a cachée sous un meuble, en creusant ; tu sais qu'à l'époque, le sol de la maison était en terre battue. Il comptait reprendre « son bien », une fois que les choses se seraient calmées. Mais il n'avait pas prévu les proportions que prendrait l'affaire ; bien qu'il ne fût pas soupçonné personnellement, les gradés savaient que le vol ne pouvait avoir été commis que par un familier de la base. Ils ont décidé de renvoyer tout le bataillon aux États-Unis, peut-être pour éviter que le mauvais esprit ne se propage au reste des soldats stationnés sur le Caillou. À l'époque, il y avait cent vingt mille hommes de troupe ici, le double de la population... Moore est arrivé aux États-Unis, sans avoir eu le temps de récupérer les perles, qu'il eût d'ailleurs été dangereux de transporter avec lui. Il ne pensait qu'à cela et voulut déserter, puis faire un hold-up qui lui procurerait suffisamment d'argent pour revenir chez nous. Tu sais qu'il s'est fait prendre une première fois, puis une deuxième. Il assure dans la lettre que la mort du directeur de la banque s'est produite au milieu de la fusillade, mais qu'il n'est pas un meurtrier. Quand il est revenu au ranch, et qu'il a vu le monde qui y vivait, alors qu'il l'avait quitté à l'époque où Dora en était la seule occupante, il a été découragé. Il s'est finalement résigné à se présenter avec cette histoire bancale d'amnésie... le reste, tu le connais...

— Et les perles ? ai-je demandé.

— Ah, c'est vrai, les perles. C'est une histoire dérisoire.

Le plan qu'il avait fait de la maison, et qui devait lui permettre de retrouver l'endroit exact de la cachette, ne prévoyait pas de parquet ! Il a arraché les lattes. Yamel est arrivé à ce moment, et notre homme était fou d'angoisse. Il prétend ne pas avoir voulu le tuer, mais l'assommer. Que saurons-nous de sa sincérité ? Mais ça n'a plus d'importance, maintenant... Il a frappé Yamel, puis a retrouvé la boîte... Mais son trésor n'était plus qu'un tas de boules noires sans valeur. Notre poken ne savait pas que les perles fines laissées dans un sol desséché pendant cinquante ans, sans être portées ni entretenues, se détériorent. Elles meurent, comme un être vivant. Ce n'est pas le choc de son accident de voiture qui l'a rendu fou, mais cette découverte. Imagine ! Il attendait ce moment depuis plus d'un demi-siècle !

— Mais pour Dora ?

— Je crois qu'il l'aimait vraiment ; ma mère n'a pas voulu me dire ce qu'il lui a exactement écrit.

— Et le paquet que le petit homme a apporté ?

— Eh bien, c'est un collier de jade. Moore l'a fait acheter par une infirmière, la veille de sa mort, avec le peu d'argent qui lui restait, et a fait promettre à cet Américain qu'il avait rencontré à l'hôpital de le remettre à Dora, en main propre. Tu connais toute l'histoire, maintenant. Et je compte sur toi pour ne plus jamais en parler.

Ce soir-là, pendant que nous finissions de dîner, j'ai pensé qu'une fortune avait dormi sous les pieds de la famille pendant de longues années et s'était lentement évanouie. Mais nous n'avions pas besoin de cet argent.
Dora s'est levée pour desservir et, quand elle s'est penchée en saisissant un plat, j'ai vu le collier de jade briller dans l'encolure de sa robe. J'ai compris qu'elle le porterait jusqu'à sa mort, en souvenir de Gueule de papaye.
Un mois après les événements, un mot de la gendarmerie nous a été transmis : les boules noirâtres, disait le rapport, étaient des perles corrompues. Voulions-nous les récupérer ? Ma mère a jeté le papier dans la poubelle, et toute la famille est sortie pour prendre le café au soleil.

Jean-François Chabas est né en 1967 à Neuilly-sur-Seine, près de Paris. Après avoir interrompu ses études très tôt, Jean-François Chabas a passé son baccalauréat par correspondance, faisant ici ou là nombre de petits boulots. Il consacre aujourd'hui tout son temps à l'écriture. *Une moitié de wasicun,* son premier livre, a été publié dans cette collection en 1995.

Christophe Blain est né en 1970 près de Paris. Ses études d'arts graphiques s'achèvent par un carnet de croquis grandeur nature puisqu'il s'embarque pour un an sur un bateau militaire brestois dont il rapporte son premier livre : *Carnet d'un matelot* (Albin Michel, 1994). Depuis lors, les livres s'enchaînent (pour Gallimard, Albin Michel ou Casterman), et Christophe Blain est devenu discrètement mais sûrement un des illustrateurs les plus talentueux de sa génération.

Table des chapitres

Dans la même collection, série DIX & PLUS

RIFIFI SUR LE MONT OLYMPE
Béatrice Bottet

MON PROF EST UN ESPION
Robert Boudet

LA FILLE DU COMTE HUGUES
Évelyne Brisou-Pellen

UNE SOIRÉE D'ENFER
CADEAU !
LA FIESTA DU SIÈCLE
LES MILLE ET DEUX NUITS
Claude Carré

UNE MOITIÉ DE WASICUN
VIEILLE GUEULE DE PAPAYE
NISRINE ET LUCIFER
LES SECRETS DE FAITH GREEN
Jean-François Chabas

LA PUCE, DÉTECTIVE RUSÉ
MEURTRES AU PAYS DES PELUCHES
L'ÉCOLE FRISSONNIÈRE
DODO LA TERREUR
DANGER D'AMOUR
Sarah Cohen-Scali

UN TAG POUR LISA
QUERCY RAP
Stéphane Daniel

L'ACCIDENT
LE MESSAGE
LA PLACE VIDE
IDENTITÉ VOLÉE
Irina Drozd

UN GRAND-PÈRE TOMBÉ DU CIEL
Yaël Hassan

ENLEVÉE PAR LES INDIENS
Mary Jemison

LA PETITE SŒUR DE MON FRÈRE
Roland Lamarre

BLUES POUR MARCO
Olivier Lécrivain

LE VOLEUR DE FAMILLE
Patrick Mosconi

LE CRI DU KOOKABURA
LA CHASSE AUX MERLES
Jean Ollivier

LETTRES D'UN ONCLE PERDU
Mervyn Peake

UNE ANNÉE TOURBILLON
Sandrine Pernusch

LE MONDE D'EN HAUT
Xavier-Laurent Petit

UNE SEMAINE AU CIMETIÈRE
OÙ SONT PASSÉES LES MÉMÉS ?
ROCK PARKING
LE STRIP-TEASE DE LA MAÎTRESSE
Yves Pinguilly

YOËL OU LE SANG DE LA PIERRE
Michel Piquemal

LE MANGEUR DE LUMIÈRE
Éric Sanvoisin

HONG KONG STORY
Anne Thiollier

ÉCHAPPÉ SUR POINTES
Marie-Sophie Vermot

TOUT FAUX, LUDO !
Jean-Louis Viot

LA MAISON DES PETITS BONHEURS
LA PORTE OUVERTE
Colette Vivier

MA PREMIÈRE HISTOIRE DRÔLE
Olivier de Vleeschouwer

Le catalogue de la collection est disponible chez votre libraire
ou sur une simple demande. « Romans Casterman », 66, rue Bonaparte, 75006 Paris.